젤라 그린

②완벽한 여름 방학

SEOUL, 2018

진실한 친구 마거릿에게

젤라 그린 ②완벽한 여름 방학

초판 제1쇄 인쇄일 2018년 5월 25일
초판 제1쇄 발행일 2018년 5월 30일
지은이 버네사 커티스 옮긴이 장미란
발행인 이원주 본부장 김문정
편집 박진희, 장혜란, 고한빈, 김민정 디자인 남희정, 김나영
마케팅 이홍균, 김동명, 박병국, 양윤석, 명인수, 이예주
저작권 이경화 제작 정수호
발행처 (주)시공사 주소 서울시 서초구 사임당로 82
전화 영업 2046-2800 편집 2046-2821~4
인터넷 홈페이지 www.sigongsa.com

Zelah Green: One More Little Problem
Original English language edition first published in 2010
under the title Zelah Green: One More Little Problem by Egmont UK Ltd.,
239 Kensington High Street, London W8 6SA
Copyright ⓒ 2010 by Vanessa Curtis
All rights reserved.
The Author has asserted her moral rights.
Korean translation copyright ⓒ 2018 by sigongsa Co., Ltd.
Korean edition is published by arrangement with Egmont UK Ltd.,
through PK Agency, Korea

이 책의 한국어판 저작권은 PK Agency를 통해
Egmont UK Ltd.와 독점 계약한 (주)시공사에 있습니다.
저작권법에 의해 한국 내에서 보호받는 저작물이므로
무단 전재와 무단 복제를 금합니다.

ISBN 978-89-527-8718-7 43840 ISBN 978-89-527-5572-8 (세트)

*홈페이지 회원으로 가입하시면 다양한 혜택이 주어집니다.
*잘못 만들어진 책은 구입하신 서점에서 바꾸어 드립니다.

젤라 그린

② 완벽한 여름 방학

버네사 커티스 지음 · 장미란 옮김

시공사

✦ 차례 ✦

제1장 ······························ 7

제2장 ······························ 17

제3장 ······························ 25

제4장 ······························ 36

제5장 ······························ 41

제6장 ······························ 51

제7장 ······························ 60

제8장 ······························ 64

제9장 ······························ 73

제10장 ······························ 89

제11장 ······························ 96

제12장 ······························ 104

제13장 ·························· 118

제14장 ·························· 121

제15장 ·························· 130

제16장 ·························· 141

제17장 ·························· 149

제18장 ·························· 153

제19장 ·························· 160

제20장 ·························· 167

제21장 ·························· 172

제22장 ·························· 175

제23장 ·························· 179

제24장 ·························· 182

옮긴이의 말 ················· 194

제1장

ꞁꞁꞁꞁꞁꞁꞁꞁꞁꞁꞁꞁꞁꞁꞁꞁꞁ

나는 젤라 그린, 결벽증이 있다.

지금 2층 내 방에서 한때 알았던 남자아이를 생각하고 있다. 그 애 이름은 '솔'인데, 알게 된 지는 겨우 한 달 남짓이지만 어느새 내 머릿속에 들어와 버렸고 도저히 잊히지가 않는다.

여름 방학 계획도 세워 보고 있다.

아이들은 대부분 디즈니월드에 가거나 뉴포레스트에서 캠핑을 하거나 호주로 날아갈 것이다.

내 여름 방학 계획을 목록으로 만들었다. 그 목록은 다음과 같다.

집 안 구석구석 청소하기

목욕탕 소독하기 (나한테는 강박 장애라는 작은 문제가 있다. 내가 세균과 더러움을 싫어한다는 뜻이다.)

　　현관 매트와 양탄자에 묻은 진흙을 박박 닦아 내기

　　아빠를 설득해 이발시키기

　　아빠가 마음이 약해지는 순간이 있을지 모르니까 집 안에 있는 술을 죄다 숨기기

　　텃밭에서 나온 여름 채소들을 요리하고 한 번 먹을 만큼씩 나누어 얼리기

　　케이크 굽기

　　아, 재미없어! 다시 읽어 보니 꼭 아흔 살 먹은 노인네가 쓴 것 같다. 근심 걱정 없는 십 대의 나는 대체 어디로 가 버린 걸까?

　　아, 그렇다. 엄마는 죽고, 새엄마는 나라는 짐덩어리를 치울 생각만 하고, 아빠는 술에 푹 전 우울증 환자가 되고, 나는 단짝한테 버림을 받고, 뭐랄까, 음…… 내 작은 문제를 조금 통제하기 어려워져서 결국 치료 센터에 들어갔을 때 나의 십 대는 끝나 버렸다.

　　그렇게 말하고 보니 케이크를 굽는 것 정도는 그다지 나쁜 축에도 안 드는 것 같네.

　　깔끔하게 밀봉해 놓았던 봉지에서 깨끗한 밀가루를 덜어

내 소독한 하얀 저울 위에 올려 무게를 재고 있는데, 헤더가 뒷문으로 고개를 쏙 내민다. 헤더는 우리 옆집에 사는 아주 멋진 여자다. 아, 그리고 믿거나 말거나 아빠의 여자 친구이기도 하다.

헤더가 말한다.

"으음, 빅토리아스펀지케이크(생크림과 딸기잼이 사이에 들어간 스펀지케이크로 빅토리아 여왕이 좋아했다고 함 : 옮긴이) 만드는 거야?"

나는 따가운 시선을 보낸다.

"오, 제발. 빅토리아스펀지에는 잼이 들어가는 줄 뻔히 알면서."

나는 잼을 쓰지 않는다. 아침에 눈뜨자마자 냉장고 문을 여는데 손잡이에 끔찍하게 끈적거리고 냄새나는 것이 달라붙어 있다면? 중대한 오염 경보 감이다.

나도 안다. 나 같은 사람과 사는 건 무척 힘들겠지.

"그럼 과일케이크?"

오늘 아침 헤더는 기분이 아주 좋다. 늘 그렇듯 반지르르한 긴 머리에 선글라스를 올려 쓰고 있고, 햇볕에 그은 얼굴은 건강하게 빛나고 있다. 아빠와 달리 헤더는 '하루에 과일과 채소 5인분 먹기'를 아주 즐겨 한다.

내가 말한다.

"헤더, 정말 실망이에요. 그렇게 나를 모르다니. 과일케이크에는 그게 들어가잖아요. 씨 없는 건포도."

그 단어를 발음하는 것만으로도 몸서리가 쳐진다. 건포도를 무서워하는 사람은 나뿐일 거다.

헤더는 허리에 손을 얹은 채 한숨을 푹 내쉰다.

"항복. 말해 주렴, 젤라. 무슨 케이크를 만들고 있는지. 궁금해서 미쳐 버리기 전에 빨리."

"레몬케이크요."

나는 헤더의 빈정거림을 모른 척하며 우묵한 사발 옆에 있는 작고 깔끔한 레몬주스병을 가리킨다.

헤더는 이마를 탁 치는 시늉을 한다.

"아무렴, 그렇겠지. 레몬. 완벽한 청소 도구지."

나는 흐뭇해서 씩 웃는다. 사실 오늘 베이킹 소다와 레몬주스를 섞어서 냉장고를 청소했고, 오래된 고기와 생선에서 나는 고약한 냄새를 없애기 위해 냉장고 맨 위 칸에 레몬 반쪽을 올려 두었다.

레몬은 나와 아주 친한 친구다. 좀 이상한 줄은 알지만 이제 친구가 별로 없기 때문에 레몬도 도움이 된다면 친구로 볼 수 있다.

단짝이 있기는 했다. 프랜이라는. 내가 포레스트 힐에 입원했을 때 찾아온 프랜은 내 상황을 받아들이지 못했다. 포레스트 힐이 어떤 병원이든지 간에 일단 그곳에 입원한 사람은 완전히 미친 사람으로 여겼다.

하지만 나는 그 모든 것이 별로 이상하지 않다. 아빠는 어쨌든 제정신이 아니고, 죽은 엄마도 마찬가지였다. 헤더도 '지상에서 가장 건전한 아가씨'는 아니다. 완전한 괴짜는 아니지만, 거실 유리창 너머로 헤더가 치볼(중국 전통 의학에 근거한 체조로, 육체와 정신과 영혼의 균형을 추구한다 : 옮긴이)하는 모습만 봐도 뭐랄까…… 평범하지 않다는 걸 알 수 있다.

그래서 프랜이 대단하다는 것이다. 프랜은 아주 평범한 집안에서 자랐다. 프랜의 엄마는 〈전원생활〉잡지와 말을 좋아하고, 앙증맞은 프랑스 접시에 무화과 향기가 나는 작은 비누들을 채워 놓곤 한다. 프랜의 아빠는 둥근 검정 테 안경을 쓴 온화한 회계사로 웅얼거리듯 말하는 버릇이 있다. 프랜네 집에는 방마다 하얗고 푹신한 리넨 베개들과 연분홍색 시트들이 가득 차 있다. 프랜은 말쑥함의 화신이다. 분홍 원피스와 샌들 차림에 발톱 색깔까지 완벽하게 분홍색이고, 짙은 갈색 머리는 쫑쫑 땋아서 잘 훈련된 말 꼬리처럼 정확히 등 한복판에 늘어뜨리고 있다.

게다가 프랜은 아주아주 깔끔하다.

"또 먼 나라를 헤매고 있구나, 얘야."

헤더의 목소리다. 나는 프랜에서 시작된 몽상에 잠겨 있다가 퍼뜩 깨어났다.

"죄송해요. 잠깐 딴생각 좀 했어요."

나는 달걀 쪽을 가리킨다.

헤더는 금방 알아듣는다. 그렇게 좋은 사람이다.

헤더가 사발에 달걀을 깨뜨려 넣고 저어 준 덕분에 끈적거리는 달걀 껍데기를 만지지 않아도 된다. 헤더는 잘 휘저은 달걀을 밀가루와 설탕을 섞어 놓은 그릇에 따른다.

"버터도 해 줄래요?"

내가 말한다. 유산지는 너무나 싫다.

헤더는 버터 반 통을 잘게 깍둑썰기해서 케이크 반죽 속에 던져 넣는다.

내가 레몬즙을 듬뿍 짜 넣고 모든 재료가 고루 섞이도록 젓는 동안, 헤더는 케이크 틀에 유산지를 빙 둘러 깐다.

케이크 틀에 반죽을 부어 (아주 깨끗한) 오븐에 넣은 뒤에야, 헤더가 아빠는 어디 있느냐고 묻는다.

"밖이 아니면 어디겠어요?"

아빠는 뒤뜰 안쪽에서 모닥불을 피울 나뭇가지를 반으로 자르고 있다.

늘 그렇듯이 석유 깡통들, 뒤집개, 가위, 부젓가락과 돌돌 만 신문지 따위를 늘어놓고서 불을 피우고 있다.

눈썹 1밀리미터 앞에서 불길이 확 치솟자 아빠는 펄쩍 뒤로 물러났다. 불꽃은 금세 사그라져 가느다란 잿빛 연기 한 줄기만 남기고 처량하게 꺼져 간다.

아빠는 머리를 벅벅 긁다가 뒤에 있던 나무에 팔꿈치를 부딪혀 비틀대더니 그만 퇴비 더미 위로 넘어지고 만다. 아빠가 다 쓴 티백과 당근 이파리를 털어 내며 다시 일어난다.

헤더와 나는 말없이 그 딱한 광경을 지켜본다.

잠시 뒤 헤더가 입을 연다.

"정말 사랑할 수밖에 없는 남자지?"

"누군가에겐 그렇겠죠." 하고 나는 고개를 끄덕인다.

헤더가 창문을 두드리며 아빠한테 들어오라고 소리친다.

하! 그렇게 간단한 문제가 아니라니까.

나는 부엌문으로 들어오려는 아빠에게 미리 경고한다.

"밖에서 옷 갈아입으세요. 죄송해요. 연기는 아주 큰 오염 덩어리거든요."

아빠는 끙 앓는 소리를 내며 도로 뒤뜰로 가서 셔츠를 휙 벗어 축 늘어진 중년 남자의 배와 겨드랑이 털과 헐렁하고 낡은 사각팬티를 실컷 보여 준다.

나는 창문 너머로 소리친다.

"손도요!"

아빠는 바깥의 수도에서 손도 씻고 머리도 감는다.

"신발도요!"

아빠가 갈라진 갈색 정원용 장화를 벗고 실내화로 갈아
신는다.

내가 조금 지나치다고 여길지도 모르겠다. 하지만 예전에
는 이보다 훨씬 심했다. 포레스트 힐에 가기 전이었다면 아
빠를 아예 들어오지도 못하게 했을 것이다.

마침내 아빠가 부엌으로 들어오자 헤더는 아빠의 게슴츠
레한 눈 앞에 열쇠 꾸러미를 달랑달랑 흔든다.

"우리 집을 맡아 주셔야죠."

아빠는 머리를 긁적인다.

"대체 왜?"

헤더가 불만스럽다는 듯 작게 한숨을 내쉰다.

"패트릭! 내가 슬로베니아에 가는 거 잊었어요? 우리 집
화분에 물 주기로 했잖아요? 그리고 젤라, 내 노트북 쓰고
싶으면 써도 돼."

헤더는 아빠의 컴퓨터가 느리고 한 번에 한 가지밖에 처
리하지 못하는 걸 알고 있다. 아빠가 쓰레기 수거 함에서 집
어 온 1970년대 아타리(미국의 비디오 게임 회사 : 옮긴이) 게
임팩도 있지만 게임이 세 개밖에 들어 있지 않은 데다가 옛
날 게임이라 인터넷도 되지 않는다.

아빠는 집 앞 길가에 세워진 헤더의 빨간 포르셰를 힐끗

본다. 차에는 여행 가방 두세 개와 기내 반입이 가능한 크기의 비싼 가죽 가방이 실려 있다.

아빠는 그제야 "아, 그럼 지금 가는 건가?" 하고 대답하는 게 고작이다.

헤더가 말한다.

"보다시피 가는 길이에요. 이미 다 상의했잖아요, 패트릭. 기억 안 나요?"

아빠는 손톱에서 때를 빼내고 있다.

나는 아빠가 손톱 때를 어디에 버리는지 예의 주시한다.

헤더는 부엌 거울을 보며 머리를 부풀려 매만지고 아이라이너가 번지지 않았는지 확인한다. 그러고 나서 아빠에게 키스하고 나에게는 허공으로 입맞춤을 보낸다.

"아빠를 잘 감시하렴, 젤라. 널 믿는다. 괜찮을 거야. 내가 필요하면 전화해. 알았지?"

나는 슬프게 고개를 끄덕인다. 헤더가 없으면 많이 허전할 것이다. 헤더는 나한테 엄마 같은 존재다.

헤더는 현관문을 쾅 닫고 자동차를 향해 경쾌하게 뛰어가 젓가락처럼 마른 몸을 미끄러지듯 운전석에 밀어 넣더니 슬로베니아의 석양 속으로 부르릉 떠나 버린다.

아빠와 나는 거대한 열쇠 꾸러미를 사이에 두고 서로 바라보고 있다.

아빠가 웅얼거린다.

"일단 옆집에 가 보는 게 좋겠구나."

헤더네 집 깔끔한 앞마당 길을 올라간다. 헤더네 정원은 우리 정원의 '손질 후'처럼 보인다. 우리 정원은 당연히 '손질 전' 상태이고.

울타리 너머로 우리 집 앞마당을 돌아보니 황량하기 짝이 없다. 망가진 헌 소파와 담쟁이가 자라는 아주 오래된 변기가 널브러져 있고 풀이 무성하게 자라나 있다. 아빠는 앞마당이 있다는 사실조차 잊은 것 같다. 엄마가 살아 있었을 때는 작은 받침대 위에 놓인 화분들에 분홍색과 빨간색 꽃이 피어나고 알록달록 네모난 포석들 사이로 작은 수선화가 자라도록 앞마당을 가꾸었다.

나는 점점 늘어나는 여름 방학에 해야 할 재미있는 일 목록에 한 가지를 더한다.

앞마당 깔끔하게 가꾸기

그러고 나서 아빠와 함께 헤더의 집이라는 천국으로 들어간다.

제2장

헤더네 집은 정말 신기한 것이, 밖에서 보면 우리 집하고 똑같은데 안에 들어가 보면 전혀 다른 나라, 아니 딴 세상에 온 느낌이다.

나무 바닥재가 깔린 반들거리는 기다란 복도를 따라가면 집 뒤편에 증축한 거대한 유리 부엌이 나타난다. 헤더는 올해의 패션 에디터로 뽑혀 보너스를 두둑이 받고는 이 부엌을 확장했다. 멋지고 커다란 도자기들이 부엌을 가득 채우고 있고, 창틀에는 맵시 있게 진열된 초록색 열대 식물들이 정확한 각도로 잎을 드리우고 있다. 바닥에는 차가운 잿빛 슬레이트 타일이 깔려 있고, 천장에는 작은 스포트라이트 전구들이 박혀 있어 화강암 부엌 조리대 위로 백색광을 비춘다.

벽도 새것처럼 깨끗한 순백색이다. 강렬한 오렌지색이나 잔잔하게 펼쳐진 지중해의 푸른색이 담긴 미니멀리즘 현대

미술 작품이 하얀 벽 여기저기에 걸려 있다. 하지만 벽 대부분의 공간은 하얀 여백으로 남아 있다.

그 하얀색이 맘에 든다. 그리고 무엇보다 맘에 드는 것은 이 집이 아주 깨끗하다는 사실이다.

헤더는 흡족할 만큼 집 안을 깨끗이 유지하려고 일주일에 세 번씩 티나 아줌마를 불러 청소를 시킨다.

아빠가 실직하지만 않았어도 티나 아줌마에게 우리 집도 청소해 달라고 하겠지만, 그럴 돈이 없다. 게다가 티나 아줌마는 썩어 가는 고물 같은 가구들과 낡은 양탄자 무더기 앞에서 어떻게 청소를 해야 할지 난감해할 것이다. 또 티나 아줌마는 담배를 피우는데, 헤더는 단호하게 실내에서 담배를 못 피우게 했지만, 우리 아빠라면 거실에서 죽도록 담배를 피우든 말든 허허 웃으며 내버려 둘 게 뻔하다.

헤더네 집에서는 복도를 지나거나 계단을 오를 때 팔꿈치를 옆구리에 딱 붙이거나 숨을 참지 않아도 된다. 참나무 난간에 기름때 자국이 남아 있지도 않고, 벽에 마른 코딱지가 붙어 있지도 않으며, 유통 기한이 지난 식품의 악취도 나지 않는다.

나는 이 집으로 들어와 함께 살고 싶지만, 헤더는 항상 자기는 엄마 노릇을 할 그릇이 못 된다는 말만 늘어놓는다.

아쉽다. 헤더와 함께 살면 내 작은 문제가 나아질 가망이 조금쯤은 있을 텐데.

아니면 아예 사라지거나.

아빠는 헤더의 집에는 관심이 없다. 헤더가 방금 물을 준 화분들에 물을 좀 뿌리고는 슬그머니 우리 아스파라거스밭 으로 가 버린다.

나는 익사 중인 식물들을 구해 주고 깨끗이 소독된 반짝 반짝한 부엌으로 가서 반들거리는 까만 아가 오븐(무쇠로 만 든 영국의 레인지 겸 오븐 : 옮긴이)에 기대선다.

가장 좋아하는 냄새들을 깊이 들이마신다. 표백제, 사과 향 주방 세제, 레몬 향 식기세척기 세제.

우리 집에서는 그런 냄새가 안 난다. 아 참! 헤더의 새 노 트북으로 인터넷 검색도 하고 메일도 확인할 수 있다. 아빠 의 컴퓨터는 너무 낡아서 기본적인 웹 사이트를 여는 데만 도 30분은 족히 걸린다.

그런데 노트북 자판이 너무 지저분하다.

화장실보다 자판에 세균이 더 많다는 글을 읽은 적 있다.

자판은 중대한 *세균 경보*와 *오염 경보*가 동시에 울리는 물건이다.

나는 청소용품을 넣어 두는 곳에서 새 분홍 고무장갑과 스프레이 소독제를 꺼내 서재로 간다.

고무장갑을 한껏 올려 끼고 노트북 자판을 손끝으로 잡고 거꾸로 뒤집어 흔든다.

부스러기, 먼지, 구부러진 종이 집게 따위가 책상 위로 우수수 쏟아진다.

으, 징그러워.

그 더러운 것들을 쓸어서 쓰레기통에 버리고는 자판을 소독제로 박박 닦고 생명을 위협하는 세균들을 남김없이 털어 냈는지 확인하기 위해 다시 한 번 거꾸로 들고 흔들어 본다.

그러고 나서 자리에 앉아 인터넷을 켜고 막 이리저리 둘러보려는데, 헤더가 노트북 옆 책상에 붙여 놓은 노란 메모지가 눈에 들어온다.

'젤라, 내 친구가 이번에 홈페이지를 새로 열었단다. 한번 들어가 보면 재미있을 거야.'라고 쓰여 있다.

웹 사이트 주소가 있어서 검색창에 입력하니 큼직한 빨간 하트들이 번쩍거리는 분홍색 홈페이지가 화면에 나타난다.

"당신은 14세에서 16세인가요? 재미와 우정과 즐거운 만남을 위해 지금 회원으로 가입하세요. 마이소터스페이스는 모든 이들에게 화제의 사이트입니다."라고 쓰여 있다.

나는 눈을 한번 굴리고는 의자에 털썩 기댄다.

윽!

그 순간 정말로 좋아하는 남자애를 아마도 두 번 다시 만날 수 없을 거라는 사실이 떠오르고, 여느 날처럼 이따가 아빠와 울적한 저녁 시간을 보내야 한다고 생각하니, 갑자기 무슨 변덕에서인지 그 홈페이지를 클릭하고는 나도 모르게 마이소터스페이스닷컴에 신상을 적고 등록해 버렸다.

새로 정한 닉네임은 그다지 창의적이지 않다. 그냥 '젤라'다. 사진도 올리지 않을 작정이다.

내 얼굴은 어젯밤 한바탕 미친 듯이 문지른 탓에 벌겋게 벗겨지고 따가운 상태다. 머리도 포레스트 힐에서 처음 잘랐을 때는 반지르르하고 찰랑찰랑했는데, 지금은 도로 시커먼 곱슬머리가 되어 버렸다.

편지함에 메일이 왔다는 표시가 깜박거려서 열어 보니, 웹사이트에 가입한 것을 축하하며 이제부터는 어떤 바람둥이 남자애라도 흥미만 있으면 나한테 비밀리에 메일을 보낼 수 있다는 내용이 적혀 있다.

나는 의자에 몸을 깊이 파묻고 두 손으로 얼굴을 감싼다.

지금 뭐 하고 있는 거지? 정말로 꿈꾸던 남자애를 만난다 해도 손끝 하나 댈 수도 없을 텐데. 우리가 데이트하는 모습이 얼마나 우스울지 상상이 간다. 지구 반대편에 있는 양 소파 끝에 멀찌감치 떨어져 앉아 서로에게 손을 흔들고 있을 것이다.

게다가 남자들은 사실 잘 씻지 않기 때문에 어쩌다 만난다 해도 오염 경보에다 *세균 경보*까지 울릴 위험이 있다.

또 한 가지 문제가 있다. 나는 이미 세 달 전에 이상형을 만났다. 올리브색 피부와 검은 머리와 찡그린 갈색 눈을 가진 남자애였다.

아, 솔. 보고 싶어. 정말 많이.

나는 모든 것을 꺼 버리고 서재 문을 잠근 다음 위안이 되어 줄 라이베나 음료수와 오래된 커스터드크림을 찾아 휘청휘청 집으로 돌아간다.

이제 겨우 방학 이틀째인데 마이소터스페이스닷컴에 가입하는 미친 짓을 한 이후로 내 작은 문제는 조금 더 심각해졌다. 그래서 기분 전환 좀 하려고 계단 아래쪽에서 31번 뜀뛰기를 하고 있다.

원래는 수백 번씩 뛰었지만, 상담 치료를 받은 뒤 하루 15번 정도로 줄이기도 했다. 지금은 맨 아래 계단에서 적어도 30번은 뛰고 맨 꼭대기 계단에서도 30번 뛰며, 계단을 내려올 때는 반대로 되풀이한다.

뜀뛰기가 막바지에 접어드는데, 초인종이 울린다.

빌어먹을.

아빠는 커다란 갈퀴를 들고 정원 맨 안쪽에 가 있다. 하지만 나는 뜀뛰기를 다 끝내야만 나가 볼 수 있다. 안 그러면 나쁜 일들이 우후죽순 일어날지도 모른다. (엄마는 죽고, 아빠는 실직하고, 친한 이웃은 외국으로 가 버리고, 단짝은 나를 정신 나간 미치광이 취급하는 지금 상황을 보면 안 좋은 일은 이미 일어날 만큼 일어났다고 볼 수 있지만 말이다. 훤한 대낮에 계단에서 펄쩍펄쩍 뛰고 있는 나를 보면 단짝이 그렇게 생각하는 것도 무리는 아닌 것 같다.)

반투명한 현관문 유리창 너머에 있는 사람한테 내가 펄쩍펄쩍 뛰는 모습이 비치기 때문에 되도록 빨리 뜀뛰기를 끝낸다.

뭐, 스래시 메탈(매우 빠르고 불협화음을 내는 헤비메탈의 일종 : 옮긴이) 같은 음악에 맞추어 격렬하게 머리를 흔들고 있던 척이라도 해야겠다.

뜀뛰기를 마치고 거실 거울을 보며 곱슬머리를 가다듬은 다음 현관문으로 다가간다.

현관문 유리 너머로 보이는 작고 구부정한 그림자가 어딘지 모르게 눈에 익은 느낌이다. 우체부는 아닌 것 같다. 우리 동네 우체부의 형체는 키가 크고 연한 적갈색을 띤다.

문을 당겨 연 순간, 너무 놀라 휘청 쓰러질 뻔했다.

작은 체구, 지친 얼굴에 늘어뜨린 긴 금발, 커다란 눈 아래 드리워진 짙은 그림자와 늘 그렇듯 온통 검은색 일색인 헐렁한 바지와 바이커 부츠, 완장과 나를 빤히 쳐다보는 악마

같은 데스메탈(스래시 메탈의 한 갈래로, 파괴, 죽음, 고통 등을
소재로 다룬 음악 : 옮긴이) 가수의 창백한 얼굴이 그려진 티
셔츠.

그 작은 여자애가 입을 연다.

"음, 들어오라고도 안 할 거야, 강박증? 뭐야. 널 만나러
300킬로미터를 넘게 왔다고. 좀 더 반가운 얼굴 할 수 없
어?"

그러고는 나를 밀고 지나간다.

나는 그대로 굳은 채 조각조각 나뉜 생각의 파편들을 그
러모으려고 애쓴다. 그러다 벌어진 입을 닫고 그 애를 따라
집으로 들어간다.

제3장
||||||||||||||||||||

카로. 포레스트 힐 시절을 완벽한 악몽으로 만들고 때로 조금은 안도감을 주기도 하던 아이. 그 중간은 없었다.

포레스트 힐. 세 달 전 새엄마가 내 의례 행위들을 더는 못 견디겠다고 했을 때 나는 그곳으로 가게 되었다.

포레스트 힐에서 만난 아이들 몇몇과는 연락을 했지만, 카로는 연락이 없었다.

카로가 조금 그리운 적도 있었지만, 지금 우리 집 부엌에서 그 기묘한 표정, 언짢은 듯도 하고 반항적인 듯도 하고 눈곱만한 수줍음도 감추고 있는 표정으로 앉아 있는 모습을 보니 그 애가 얼마나 숨 막히는 분위기를 만들어 내는지 새삼 생각이 난다. 말 한마디 하지 않아도 얼마나 우중충한 불안을 공기 중에 뿜어낼 수 있는지도.

카로는 그냥 앉아 있는 것만으로도 방 안의 분위기를 바꿀 수 있다. 아주 피곤하게 굴 수도 있고.

찻주전자를 켜고 정원을 내다보니 아빠는 곰팡이를 없앤다며 우유와 물을 섞은 이상한 혼합물을 커다란 호박과 식물의 잎에다 뿌리고 있다.

카로가 내 시선을 따라 밖을 내다본다.

"이런, 강박증, 네가 상류층인 줄은 알았지만 정원사까지 둔 줄은 몰랐네."

분노로 등줄기가 오싹해지면서 아빠를 두둔하는 말이 나오려고 한다. 하지만 전혀 모르는 사람의 눈으로 다시금 아빠를 보니, 창피하고 혼란스러운 데다 굳이 변명하는 것조차 피곤하게 느껴진다. 낡은 갈색 앞치마와 해진 신발에 지저분한 장갑을 끼고 괴상한 납작모자를 쓰고 있는 아빠는 정말로 후줄근하고 늙은 정원사처럼 보인다.

결국 나는 이렇게 대꾸하고 만다.

"그래. 채소를 잘 가꾸지. 커피 마실래, 차 마실래? 아니면 주스?"

카로가 뺨을 살짝 씰룩이며 미소를 짓는다. 뺨에 내려앉은 아기 나방을 건성으로 쫓는 듯한 표정이다.

"커피. 블랙으로. 당연하지. 그것 말고 다른 색이 있어?"

나는 살짝 미소를 지어 보인다. 카로가 손톱을 만지작거리자 까만 가죽 손목 밴드가 가냘픈 팔을 따라 오르락내리락

한다.

나는 검고 사악한 알갱이들을 머그잔에 넣으며 묻는다.

"어떻게 지냈어?"

아빠는 형편없는 인스턴트커피를 많이 마신다. 헤더는 끊임없이 커피병을 숨기고 '제대로 된 재료'로 만든 커피를 마시게 하려고 애쓴다. 유명 브랜드 주방용품 가게에서 사 온 크고 반짝이는 커피포트로 제대로 된 커피를 만들어 자잘한 꽃무늬가 있는 크고 하얀 도자기 잔에 따르고, 소독한 비닐에 담긴 작은 캐러멜비스킷들을 찻잔 받침 옆에 담아 함께 내놓는다.

나는 금이 간 머그잔과 절반쯤 남은 오래된 부르봉비스킷(초콜릿 크림이 들어간 비스킷 : 옮긴이) 상자를 카로 옆에 툭 내려놓는다.

"감사."

카로는 이렇게 말하며 담배를 말면서 튼튼한 검정 바이커 부츠를 내 의자 가장자리에 턱 얹는다. 그러고는 의자를 뒤로 젖히고 담배를 길게 한 모금 빨더니 연기를 허공에 내뿜는다.

나는 몸을 휙 수그린다. 중대한 오염 경보다!

카로가 히죽거린다.

"그 괴상한 버릇들은 여전하구나, 강박증? 아까 계단 앞에서 뛰는 거 봤어. 그 한심한 짓들은 그만둔 줄 알았는데."

"그러는 넌 이제 자해 같은 건 안 하니?"

내가 쏘아붙인다. 카로 때문에 짜증 나 죽겠다. 부엌을 차지하고 앉아 3초 만에 비스킷 다섯 개를 먹어 치우더니 주변 공기까지 오염시키고 있다.

얼굴에서 웃음기를 살짝 걷어 낸 카로가 손목을 가리려고 소매를 끌어 내린다.

사실 그럴 필요도 없다. 소매는 이미 팔을 덮고 손끝까지 내려와 있으니까.

카로가 웅얼거린다.

"잘 모르겠어."

이게 카로다. 내 말은…… 자해하고 있는지 아닌지는 카로 자신이 알고 있어야 한다는 뜻이다. 자해하는 동안 마릴린 맨슨 유령에 사로잡혀 몽롱한 상태에 빠져든 것이 아니라면 말이다. 내 생각에 그건 아닐 것 같다. 유령이 되려면 죽어야 하는데, 맨슨은 버젓이 살아 있다.

나는 마지막 비스킷을 냉큼 집어 들고 담뱃재가 묻지 않았는지 확인한 다음 입안에 쏙 넣는다.

"그럼 아직도 자해를 하는가 보구나?"

내 목소리가 냉혹하고 무정하게 들린다. 부끄럽다. 분명 카로는 나를 만나러 아주 먼 길을 왔을 것이다. 카로의 천사

같은 얼굴에는 피로가 새겨져 있고 눈 밑에는 언제나 그렇 듯 연보랏빛 그늘이 드리워져 있다.

카로는 머리 위로 파르르 떨리는 고리 모양 담배 연기를 뿜어내고는 축축한 담배꽁초를 비스킷 접시에 비벼 끈다.

나는 손끝으로 접시를 집어 팔을 쭉 뻗은 채로 개수대에 던져 넣는다.

카로와 눈이 마주친다.

실내에 떠돌던 긴장감은 완전히 사라지고 어느새 둘 다 웃고 있다.

실컷 웃는다.

카로가 말한다.

"우리 좀 봐. 우린 도저히 안되는 사이라니까?"

나는 카로에게 아빠가 실직한 일과 헤더 이야기, 포레스트 힐을 떠난 뒤로 의례 행위들이 어느 정도는 줄어든 이야기 를 들려준다.

카로가 나를 찬찬히 들여다본다.

"그래, 더 편안해 보인다. 포레스트 힐에서는 틈만 나면 펄 쩍펄쩍 뛰고 씻어 댔지. 아니면 씻을 생각만 하거나."

카로에게서 좀처럼 듣기 힘든 은근한 칭찬을 듣고 따스한 기분을 즐기는데, 곧이어 아찔한 모욕의 화살이 날아와 카로 가 달리 카로가 아님을 여지없이 일깨운다.

"근데 너 살쪘다."

나는 순순히 당할 생각이 없다.

"너도 못지않은데?"

카로가 뚱뚱한 것과는 거리가 멀다는 것을 우리 둘 다 잘 알고 있다. 카로는 0사이즈 옷을 입어도 넉넉할 게 틀림없다. 물론 포레스트 힐에는 카로조차도 뚱뚱한 축에 들게 할 만큼 마른 여자아이가 있었다.

카로가 짐짓 방어하듯이 두 손을 쳐들며 말한다.

"좋아, 강박증. 마음 좀 풀어! 내가 아픈 데라도 찔렀나 보구나!"

나는 손목시계를 흘끗 본다. 점심때가 지났으니 이제 곧 아빠가 들어와 '난 실직자라네. 아무도 건드리지 마오. 오, 슬프도다.' 하고 광고라도 하듯 흐물흐물한 치즈샌드위치를 만들어 라거 맥주 한 캔과 함께 식사를 할 것이다.

내가 입을 연다.

"있잖아, 무례하게 굴 생각은 없어. 널 만나서 무척 반갑기도 하고, 정말로. 그런데…… 음, 언제까지 있을 작정이야?"

카로가 초록색 주머니를 살짝 기울여 벌레처럼 생긴 담뱃잎 조각들을 꺼내 담배를 말기 시작한다. 사람들과는 다른 시간대에 존재하는 듯한 모습이다. 시간이 존재하지 않는 시간대.

카로가 아무렇지도 않게 말한다.

"한동안 있어야 할지도 몰라. 우리 늙은이들이랑 사이가 안 좋거든. 양부모들 말이야. 어젯밤에 한바탕하고 그길로 나와 버렸으니까."

내가 말한다.

"서머싯에서 여기까지 어떻게 왔어? 어젯밤은 어디서 보내고?"

카로가 말한다.

"큰 트럭에서. 런던으로 속옷들을 배달하는 사람 차를 얻어 탔지. 속바지들을 베개 삼아 트럭 뒤에서 잤어."

늘 그렇듯 카로의 말을 들으면 나는 거칠고 큰 바다에서 길 잃은 작은 물고기처럼 허우적거리는 느낌이다.

대체 뭐라고 대꾸해야 하나 고민하고 있는데, 아빠가 어슬렁어슬렁 부엌으로 들어와 카로를 흘끗 보고는 여기저기를 뒤져 하얀 빵을 찾아내고 수상쩍은 푸른곰팡이 체더치즈를 자르기 시작한다.

카로가 말한다.

"저도 주세요, 정원사 아저씨. 피클 좀 있어요?"

나는 의자에서 떨어질 뻔한다.

아빠가 껄껄 웃는다. 한동안 듣기 힘들었던 너무나 그리운 웃음소리다. 아빠는 빵을 더 꺼내고 줄줄이 늘어선 유통 기한 지난 컵라면 뒤에서 산패한 처트니(과일, 설탕, 향신료와 식초로 만드는 걸쭉한 소스 : 옮긴이)병을 꺼낸다.

아빠가 말한다.

"처음 보는 아이구나. 사람들은 자기 기분을 솔직히 말해야 하는데 그러질 않지. 단순한 걸 복잡하게 에둘러 말하는 사람들이 너무 많아. 난 태도가 분명한 여자애를 좋아한단다."

훨씬 더 충격이다.

나는 새침한 목소리로 말한다.

"얘는 카로라고 해요."

나는 혐오감 어린 눈으로 버터가 잔뜩 묻은 나이프를 유심히 보고 있다. 버터와 나의 불신 관계는 오랜 세월 그 역사가 깊다.

내가 다시 말한다.

"아시겠어요, 카로를? 저희는 포레스트 힐에서 함께 있었어요. 제가 얘기했는지 모르겠네요."

아빠는 그제야 뒤를 돌아 카로를 다시 눈여겨본다.

"아, 그래. 네가 바로 툭하면 자기 몸을 베어 낸다는 아이구나. 흥미로운 취미야. 그보다는 조금 덜 극적인 취미를 찾아보지 그랬어? 연기 학교든 뭐든?"

나는 당혹스럽고 두려워서 기절할 것 같다. 이 놀라운 발언에 카로가 어떻게 나올지 두렵기 짝이 없다. 그런데 놀랍게도 카로는 깔깔 웃으며 벌레들이 든 상자를 아빠 쪽으로 민다.

카로가 말한다.

"피울래요?"

아빠는 고개를 끄덕이고 담배를 한 대 만다. 1980년 무렵부터 그런 담배는 피우지 않았으면서도 말이다.

카로가 아까 먹은 비스킷은 어디로 갔는지 샌드위치까지 와구와구 먹으면서 나한테 말한다.

"너희 집 정원사는 노땅치고는 괜찮은데."

아빠가 말한다.

"이 정원사는 사실 젤라네 아빠란다. 하지만 아주 젊고 신랄한 친구의 칭찬으로 받아들이지, 뭐."

"아, 그러니까 당신이 이 집의 대출금을 내는 사람이군요, 그렇죠?"

아빠가 고개를 끄덕인다.

"그럼 여기서 지내도 되는지 물어봐야겠네요. 한 6주쯤 있을 건데. 당신이 감당할 수 있을 만큼의 공짜 담배와 악담은 덤이고요."

아빠의 한쪽 입꼬리가 일그러진다. 웃음을 참으려고 애쓰고 있다.

아빠가 묻는다.

"요리는 할 줄 아니?"

이 말에 카로도 나도 소리 내어 웃는다.

내가 웃느라 캑캑거리며 말한다.

"아뇨, '요리'의 '요' 자도 몰라요."

아빠가 묻는다.

"청소는?"

카로가 경멸스럽다는 듯 피어싱한 눈썹을 추켜세운다.

"제발 좀요!"

아빠가 말한다.

"집세는 있니?"

아빠는 이러는 게 재미있나 보다. 아빠 눈이 반짝이는 것을 실로 오랜만에 본다.

카로가 말한다.

"아뇨, 땡전 한 푼 없어요."

"그럼 우리 딸이랑 사이가 좋니? 아주 중요한 문제인데."

드디어! 아빠가 아빠답게 보호막이 되어 주는 모습을 보여 주시는구나. 나는 조용히 안도의 한숨을 내쉰다. 사실…… 카로를 싫어하는 건 아니지만, 집 청소에다 아빠를 챙겨서 늦지 않게 면접에 보내는 일만으로도 부담인데 여름내내 카로가 여기서 지낸다는 건 생각만 해도…….

카로가 말하고 있다.

"강박증 말이에요? 네. 쟤랑은 괜찮아요. 만날 펄쩍펄쩍 뛰고 그러는 거 보면 좀 미친 것 같긴 하지만."

아빠가 말한다.

"누가 아니래. 하지만 그게 우리 공주님이야. 그게 바로 젤라라고."

아이고, 감사합니다, 아빠.

나는 설거지하러 개수대로 간다. 정말 충격이다. 오늘은 날이 왜 이러나 모르겠다.

수도꼭지를 틀고 돌아보니 아빠와 카로가 악수하고 있다.

"그럼 된 거죠?"

"좋다. 미친 사랑의 집에 온 것을 환영한다."

그렇게 내 여름 계획은 완전히 망가지고 만다.

바닥에 떨어져 산산조각 나 버린다.

제4장
||||||||||||||||||||

아빠가 카로의 양부모님에게 카로가 여기서 지내도 되는지 전화로 물어보겠다고 하니 한 가닥 희망이 생긴다.

통화해 보니 양부모님은 카로가 말도 없이 고속 도로에서 히치하이크한 일을 마뜩잖아 한다.

나는 2층에서 기도하듯 간절한 마음으로 손가락 마디들이 하얗게 되도록 검지와 중지를 포갠 채 연결된 전화기에 귀를 기울이고 있다.

솔직히 말해 카로를 좋아한다. 하지만 포레스트 힐에서 한 달 동안 옆방에서 지내는 것만으로도 진이 다 빠질 지경이었다. 카로는 가만히 앉아서 책을 읽거나 좋은 디브이디를 보는 아이가 아니다. 악마를 숭배하는 록 음악 시디들을 최대 음량으로 쾅쾅 틀고, 비명이라도 지르고 싶을 때는 문을 쾅쾅 닫고 다니며 탁자 위 유리잔들을 깨고 윗사람들에게

욕설을 퍼부어 댄다.

게다가 그 피는 또 어떻고.

피와 강박증은 아주 끔찍한 조합이다. 피는 오염 경보에다 세균 경보다.

카로의 피를 닦아 내야 하는 일이 없다 해도 여름 내내 카로를 견뎌야 한다는 사실만으로도 충분히 괴롭다.

생각만 해도 눈앞이 아찔해져 한순간 전화기를 침대 위에 떨어뜨리고 만다.

수화기에서 아빠의 목소리가 우렁차게 울린다.

아빠는 이렇게 말하고 있다.

"전혀 폐가 되지 않습니다. 오히려 저희로선 기쁘답니다. 젤라의 친구는 누구든 환영입니다."

한순간 현기증이 인다. 정확히 말하자면 카로를 친구라 생각한 적은 한 번도 없다. 카로가 친구가 되겠다고 해도 프랜과 같은 친구는 될 수 없을 것이다.

이 피투성이 끔찍한 악몽을 막기 위해 당장이라도 수화기를 들고 필사적으로 외치고 싶은 마음이 굴뚝같다. 하지만 그러면 아빠가 화를 낼 테고, 나는 너무 지쳐서 거기에 대처할 기운이 없다. 어떻게 보면 화내는 아빠가 지금처럼 '모든 사람을 사랑해요.'라는 식인 아빠보다 대하기가 쉬울지도 모르지만 말이다.

높은 여자 목소리가 들린다.

"좋아요."

카로의 양어머니가 틀림없다. 카로가 하는 말만 들으면 카로의 양어머니는 무슨 악마의 자식쯤 되는 것 같다. 하지만 지금 들리는 목소리는 부드럽고 온화하며 지친 기색이 묻어난다.

그 지친 목소리가 말한다.

"당분간 그 애랑 떨어져 지내는 것이 나을 것 같네요. 마음은 착한 애인데 좀…… 뭐랄까, 힘들게 하기도 해요."

아빠가 친근하게 쿡쿡 웃는다.

"딸내미들이 힘든 건 두말하지 않아도 압니다. 정말이라니까요, 저도 아주 잘 안답니다!"

나는 전화기를 쾅 내려놓는다. 아빠가 들어도 상관없다. 농담도 정도껏이지. 내가? 아빠를 힘들게 한다고? 카로에 비하면 나는 천사다!

아빠가 위층에 대고 소리친다.

"젤라! 다른 사람 통화를 엿듣는 건 아주 무례한 짓이야."

나는 들은 척도 안 한다.

카로가 뭘 하고 있는지 아래층으로 내려가 본다.

카로는 바이커 부츠를 신은 발을 식탁에 척 올려놓은 채 아이팟을 귀에 꽂고 마릴린 맨슨의 끔찍한 괴성에 맞추어 시체처럼 몽롱하게 고개를 흔들고 있다.

나는 카로의 발을 식탁에서 끌어 내린다.

카로가 으르렁거린다.

"진정해, 강박증. 먼지 좀 묻는다고 죽진 않아."

나는 옆에 앉아 음악에 맞춰 머리를 흔들어 대는 카로를 잠시 지켜본다.

내 여름 방학은 정녕 이렇게 흘러갈 것인가? 나는 예의를 차리려고 애쓰고, 카로는 아랑곳없이 내가 깔끔하게 닦아 놓은 곳들을 담배 연기와 담뱃재와 피로 더럽히면서?

나는 이야기를 나누기 위해 목청을 돋운다.

"뭐 듣고 있어?"

카로가 한쪽 이어폰을 빼서 내 귀에 꽂아 준다.

나는 이어폰, 중대 오염 경보를 빼내 닦은 다음 내 고막 바로 바깥에 댄다.

같은 악절을 되풀이하는 악마 같은 기타 연주를 배경으로 누군가 웅얼거리고 울부짖듯이 '노래'를 하고 있다. 아이팟의 작은 화면을 보니 그 노래란 것의 제목이 '아름다운 사람들'이란다.

"응. 뭐…… 괜찮네."

나는 이어폰을 돌려주고 진저리 치며 손을 닦는다.

카로가 코웃음 친다.

"강박증, 넌 한심한 거짓말쟁이야. 늘 그랬지. 솔을 안 좋아하는 척할 때도 그랬고."

얼굴이 보기 흉할 정도로 시뻘게진다. 포레스트 힐에서 한 달간 머물 때 솔은 그곳의 유일한 남자애였다. 솔은 아빠가 엄마를 차로 치는 광경을 목격하고 그 충격으로 입을 다물어 버렸다. 남들에게는 사우스런던의 거리에서 날마다 일어나는 가족 살해 사건의 하나일 뿐이었지만.

그래도 우리는 마음이 통했다.

그러다가 아빠가 포레스트 힐을 찾아왔고, 아빠를 만난 기쁨에 솔을 깜박 잊었고, 내가 포레스트 힐을 나온 뒤 솔도 아빠와 새로운 삶을 시작하기 위해 사우스런던으로 돌아갔다.

카로가 말하고 있다.

"이런, 걔 생각만 해도 넋이 나가는구나."

나는 목을 흠흠 가다듬고 탁자에서 일어난다.

제5장

|||||||||||||||||||||

카로와 아빠와 내가 식탁에 둘러앉아 방울양배추를 얹은 토스트를 먹고 있는데 전화벨이 울린다.

방울양배추는 크리스마스 무렵에 수확하는데 뭐가 잘못되었는지 아빠는 세 달이나 빨리 줄기를 잘라 냈다.

"하느님 감사합니다."

나는 이렇게 중얼거린다. 복도에서 집요하게 울리는 전화벨 덕분에 끔찍한 음식과 아빠와 카로가 주고받는 괴상한 대화에서 벗어났기 때문이다. 식탁에서는 담배를 불법화할 것이냐 마느냐를 두고 한창 토론이 벌어지고 있다. 아주 멋지다.

지지직거리는 전화기 속에서 익숙한 목소리가 말한다.

"안녕, 잘 지내고 있니?"

헤더의 목소리가 들리자 뜻밖의 일이 일어난다. 한심하게

도 눈물이 핑 돈다. 헤더가 친엄마도 아닌데. 헤더도 어느 정도는 오염 경보나 *세균* 경보에 신경 쓰고 있어서 나와 '공감대'가 있는 편이다. 게다가 헤더는 내 인생에서 만난 대개의 사람들과는 다르게 감정의 기복이 심하지 않고 어른스럽다.

헤더는 내가 아빠를 잘 챙기고 밀린 학업도 따라가고 있으리라 믿고 있을 텐데, 내 상황은 헤더의 기대와는 다르게 흘러가고 있다.

사실대로 말해 버릴까?

나는 입을 연다.

"아빠가 정말 보고 싶어 해요." (사실이다.)

"저도 무척 보고 싶어요." (이 또한 사실이다.)

"그리고 숙제도 많이 하고 있어요." (새빨간 거짓말이다.)

헤더가 말한다.

"오, 잘했어!"

전화기 건너편에서 쨍 소리와 첨벙첨벙 소리가 수도 없이 들려온다.

그 소음들 위로 헤더가 목소리를 높인다.

"미안해. 수영장에서 샴페인 파티 하는 중이야. 너도 어떤지 잘 알지? 그건 그렇고, 뭐 하고 지냈니?"

헤더의 물음에 내 입이 반쯤 벌어진 채 얼어붙는다.

어디서부터 이야기를 해야 할까?

나는 겨우 입을 뗀다.

"잘 지내요. 아주 멋진 여름 방학을 보내고 있어요."

이제는 꿈에서만 만날 수 있는 이 신비롭고 머나먼 천국에 대해 말하려니 다시금 눈물이 핑 돈다. 얼른 깨끗한 화장지를 한 장 뽑아 가늘게 세균투성이 길을 내며 흐르는 눈물을 닦는다.

카로가 불쑥 나타났고, 아빠가 이상해지고 있다고 말하고 싶다. 헤더가 소개한 웹 사이트에 가입했는데, 남자애들이 두렵다고 털어놓고 싶다.

하지만 그런 이야기는 꺼내지도 못한다.

그저 이렇게 말할 뿐이다.

"즐겁게 지내고 있어요. 전화해 줘서 고마워요. 아빠 바꿔 드릴게요."

목 졸린 닭이 내는 듯한 소리로 겨우 말하고는 수화기를 내려놓고 아빠를 불러온다.

나는 앞뜰에 앉아 한참 훌쩍거린다.

울고 나니 마음이 좀 풀린다. 창고에서 큰 정원용 가위를 꺼내 오렌지제라늄이라고 조금 남아 있는 것을 정확히 똑같은 높이로 다듬는다. 이러고 있는 내가 조금 창피하기도 하지만, 난 뭐든 깔끔하고 단정한 것이 좋다.

부엌은 깔끔이니 단정이니 하고는 거리가 멀다.

카로와 아빠는 함께 담배를 말고 캔 맥주를 마시고 있다. 식탁과 조리대에는 온통 지저분한 접시들이 널브러져 있다. 아빠는 곰팡이 핀 작업화를 벗어 던지고 진흙투성이 잿빛 양말을 신고 앉아 있다. 카로의 검정 바이커 부츠는 다시 식탁에 얹혀 있다. 시끌벅적한 웃음소리와 매캐한 담배 연기가 공기 중에 가득 차 있다.

아주 오랜만에 프랜이 그리워진다.

그러니까 마지막으로 만났을 때 프랜이 정말 기분 나쁜 말을 하긴 했지만, 적어도 프랜한테서는 깨끗하고 향긋한 여름날의 향기가 난다. 프랜이라면 다 쓴 접시를 씻고 식탁을 닦고 바닥을 쓸 것이다.

나는 더러운 접시들을 설거지하고 식탁을 닦고 바닥을 쓴다. 그러고는 아빠와 카로가 악마의 언어를 속삭이게 내버려두고 위층으로 올라가 얼굴을 박박 닦는다.

이튿날은 화요일이다.

푹 가라앉는 기분을 느끼며 잠에서 깬다.

계단참 건너에서 코 고는 소리가 요란하게 들려오는 걸로 보아 아빠는 분명 어젯밤 헤더와 전화로 약속한 것과 달리 구직 활동에 나설 최상의 상태는 아닐 것이다.

나는 일어나서 시디플레이어를 켠다. 그린 데이의 '아메리

칸 이디엇'이 흘러나온다. 의례 행위를 시작하기 위해 솔에 비누를 듬뿍 묻힌다.

의례 행위는 이렇다.

오른뺨을 20번 문지른다.

왼뺨을 20번 문지른다.

오른손을 10번 문지른다.

왼손을 10번 문지른다.

까만 곱슬머리를 25번 빗고는 단정하게 말총머리로 묶고 나서 깨끗한 청 반바지를 입고 은색 샌들을 신은 다음 옷들이 똑같은 간격으로 걸려 있는 옷장에서 멋지고 차분한 파란색 민소매 티를 골라 입는다.

예전에는 옷의 간격을 일일이 자로 재기까지 했지만 의사쌤의 치료를 받은 뒤로 그렇게까지는 하지 않는다. 지금은 뒤로 물러나서 옷들의 간격을 눈으로 꼼꼼히 가늠해 보기만 한다.

파란색 원피스를 0.5센티미터만큼 왼쪽으로 옮기고, 살랑거리는 하얀색 긴치마는 3센티미터만큼 오른쪽으로 옮겨 놓는다.

됐어.

완벽해.

침대 정리도 마치고 화장실 의례 행위도 끝냈으니 이제

할 일은 딱 하나 남았다.

계단.

맨 꼭대기 계단에서 31번 뛰고 맨 아래 계단에서 31번을 뛰어야 부엌으로 들어가 휴식을 취할 수 있다.

내가 '휴식을 취한다'고 했나?

부엌에 들어갔을 때 내가 맞이한 광경은 휴식과는 거리가 멀다.

아빠와 카로가 밤늦게까지 앉아서 수다를 떨었던 게 틀림없다. 내가 자러 갈 때까지만 해도 부엌은 티끌 하나 없이 깨끗했는데(내가 다 치웠다.), 지금은 맥주 캔, 병, 재떨이, 초콜릿 껍질, 시디 나부랭이 들이 나무 탁자와 의자, 바닥에 널려 있다.

뭐, 할 수 없지. 적어도 지금은 나 혼자 오롯이 있을 수 있다. 설거지하면서 데이트와 남자애들, 그리고…… 술에 대해 찬찬히 생각해 볼 수 있겠지.

라디오 다이얼을 돌려 채널 1에 맞추고는 깨끗한 노란색 고무장갑을 팔 끝까지 끌어 올린다. 개수대의 배수구에서 고기 국물에 젖은 머리카락 뭉치 같은 것이 초록색 해초와 엉켜 붙어 있는 것을 몸서리치며 걷어 내고는, 벌겋게 달아오른 내 얼굴이 반짝반짝 비칠 때까지 스테인리스 스틸 개수대를 박박 문질러 닦는다. 그런 다음 불굴의 투지를 불태우며 부엌을 마저 청소하기 시작한다.

한 시간쯤 뒤에 아빠가 비틀비틀 내려와 진통제 세 알을
한꺼번에 꿀꺽 삼킨다.

"네 친구는 술이 굉장히 세더구나."

아빠는 안색이 창백하고 나이가 백 살은 들어 보인다.

부엌이 깨끗하게 빛나는 것도 알아차리지 못한다.

"달걀프라이만 있으면 살 것 같구나, 공주님."

나는 귀리 시리얼 통과 우유병을 아빠 앞에 내려놓는다.

아빠가 애처롭게 말한다.

"아, 그래, 뭐 좋다. 넌 토끼들이나 먹는 걸 좋아하는구나."

아빠는 귀리를 그릇에 붓고 피곤에 찌든 얼굴에 괴로운
표정을 지으며 우적우적 먹는다.

나는 우편물을 가지러 현관으로 나간다.

하얀 봉투에 아빠 이름이 인쇄된 편지가 와 있는데 공문
서 같다.

내가 건네주자 아빠가 말한다.

"고지서겠지, 뭐."

아빠는 귀리를 한입 우물거리며 편지를 죽 훑어보다가 양
볼에 먹이를 잔뜩 문 햄스터 얼굴을 하고 그대로 얼어붙는
다. 숟가락이 쨍그랑 소리를 내며 떨어진다.

"믿을 수 없어, 정말로 믿기지 않아!"

나는 아빠 뒤에 가서 선다. (물론 닿지 않도록 조심하면서.)

그 편지는 학교 위원회에서 왔는데 아빠더러 면접을 보러 오라는 것 같다.

나는 째지듯 높은 소리로 말한다.

"아빠! 정말 멋져요! 면접 기회가 왔어요! 드디어!"

아빠가 일어서서 얼싸안는 시늉을 하며 나랑 같이 바보처럼 빙글빙글 돌며 춤을 춘다. 아빠의 잿빛 실내복 자락이 펄럭이고 나는 팔로 허공을 마구 휘저으며 춤춘다.

그런 다음 나는 기름이 튈까 봐 온몸을 앞치마로 감싸고 팔을 멀찍이 뻗어서 특별히 아빠에게 달걀프라이를 해 준다. 냄새가 너무나 먹음직스러워 결국 내 몫까지 하나 더 요리해 아빠와 함께 배부르게 먹는다. 카로가 2층에 있다는 사실도 까맣게 잊어버린다.

하지만 아빠는 잊지 않는다.

"네 친구는 오늘 납시지 않는 거냐?"

나는 깔깔 웃는다. 카로는 점심시간 전에 일어나는 법이 없다.

"애석하구나."

아빠는 정말로 아쉬운 표정이다.

내가 말한다.

"아빠, 아빠가 카로랑 잘 지내는 건 좋지만 문제는, 그 애를 다루기가 무척 힘들 때가 있다는 사실이에요. 그러니까 무시무시하게 악쓰며 발작을 일으키기도 하고, 칼로 자해도 하고요. 아빠도 알게 되면 과연……."

아빠가 일어나서 찻주전자를 달각 켠다.

"나도 안단다. 하지만 매력적인 아이야."

나는 하마터면 의자에서 떨어질 뻔한다.

'매력적'이라는 단어는 카로하고 전혀 어울리지 않는다. 카로는 사람을 짜증 나게 하고, 변덕스럽고, 무례하고, 공격적인 아이다. 그런데도 매력적이라고?

나는 웅얼거리듯 말한다.

"알았어요. 전 경고했으니 나중에 딴소리하지 마세요."

아빠는 가 버렸다. 위층에서 샤워기를 틀어 놓고 휘파람을 불고 있다. 이렇게 명랑한 휘파람 소리는 아주 오랜만이다.

나는 심호흡을 한다. 어쩌면 상황이 나아지고 있는지도 모른다. 아빠는 행복하고, 아빠가 행복하면 나도 행복하다.

나는 헤더에게 문자를 보낸다.

아빠가 면접을 보게 됐어요! 젤라.

곧바로 '으르렁×8'이라고 답장이 온다.

이제 기분이 조금 나아지고, 모든 것이 좋게 와닿는다. 새로 만든 메일 계정을 확인하는 일도 그렇게 괴롭지 않다.

내 말은…… 사실 이메일 따위가 무서울 게 뭐 있겠냐는
거다.

그렇지 않은가?

제6장
||||||||||||||||||||||

오후 3시, 나는 헤더의 서재에 있다. 나중에 카로를 교육할 시간도 잡아 놨다. 부엌 청소하기를 가르칠 예정이다.

아빠는 면접에 입고 갈 새 양복도 사고 덥수룩한 머리도 자를 겸 외출했다.

나는 아플 정도로 쿵쾅거리는 가슴을 안고 마이소터스페이스닷컴에 로그인한다.

작은 노란색 편지 봉투 그림 옆에 작은 상자가 나타나 깜박거린다.

새로운 메시지가 있습니다!

나는 중얼거린다.

"그래 봐야 무슨 소용이야? 내 인생에 얼마나 도움이 되겠어?"

하지만 베일에 싸인 편지함을 보니 마음이 조금 설렌다.

겨우 진정되었던 심장이 다시 쿵, 쿵 뛰더니 점점 빨라져 딱따구리가 미친 듯이 쪼아 대듯 쿵쿵거린다.

"진정해, 진정해, 푸우, 푸우."

포레스트 힐에서 의사쌤이 가르쳐 준 대로 가슴에 손을 얹고 심호흡을 한다.

심장 뛰는 속도가 아주 조금 느려진다.

편지함을 클릭하자 '안녕, 채팅할래?'라는 제목의 메일이 뜬다.

"글쎄."

이렇게 중얼거리면서도 결국 호기심에 지고 만다. 메일을 열어 읽기 시작한다.

안녕, 젤라. 정말 특이한 이름이구나! 이름을 본 순간 편지를 쓰지 않을 수 없었어. 물론 진짜 이름은 아니겠지. 그러니까 내 말은…… 실제로 '젤라'라고 불리는 사람은 없을 거라고. 그렇지 않아?

나는 발끈한다.

"아니."

내 이름이 뭐가 이상하지? 그래, 특이하긴 하지만 그건 죽은 엄마가 눈을 감고 콘월 지방 하이킹 잡지를 콕 찍어서 걸린 이름이기 때문이다.

엄마의 손끝이 반질반질한 잡지에 닿는 순간, 나는 평생

동안 내 특이한 이름을 말할 때마다 눈을 껌벅이며 "뭐라고?"하고 되묻거나 탄성을 지르는 수많은 사람들을 만나게 될 운명이 되었다.

그때 나는 고작 일주일 된 아기였다.

낯모르는 바람둥이로부터 온 메일을 읽어 내려간다.

그 애 이름은 '알레산드로'인데, 헤비메탈 밴드에서 연주를 하고 나머지 시간에는 중등 교육 자격 검정 시험을 준비하거나 축구를 하거나 체육관에 간다고 한다.

자기가 즐겨 듣는 음악과 좋아하는 텔레비전 프로그램 이야기가 조금 더 나왔는데, 슬슬 따분해지려던 차에 마지막 줄에 다다른다.

아, 그리고 우리 아빠는 감옥에 계셔. 살인 같은 중범죄로 간 건 절대 아니야. 뭘 좀 훔친 것뿐이지. 너도 잘 알잖아, 젤라. 흔히 있는 일이라고.

나는 분노에 차서 기둥처럼 꼿꼿이 고쳐 앉는다.

내가 알긴 뭘 알아!

우리 아빠에 대해서 나도 할 말이 많긴 하다. 우선은 냉소적이고 불행해하고 우울에 빠져 있는 걸 들 수 있겠지. 하지만 감옥에 간 적은 없다. 내가 아는 한은 절대로.

아주 멋져. 처음으로 받은 편지가 아빠가 감옥에 간 괴짜의 편지라니.

나는 편지함을 닫고는 헤더의 노트북을 옆구리에 끼고 넌더리를 내며 집으로 돌아온다. 이제 편지함을 확인할 때마다 헤더네 집에 가지 않아도 된다.

사랑스러운 솔의 모습들과 살짝 찡그린 짙고 매력적인 두 눈이 자꾸만 눈앞에 아른거린다.

기진맥진한 채 집으로 돌아와 카로에게 청소 교육을 한다. 내가 말한다.

"이 초록색 세제는 식기 세척용 물비누야. 이건 가스레인지에서 잘 안 닦이는 얼룩들을 닦는 데 쓰는 수세미고."

"응, 응."

카로가 대꾸한다. 흥미를 잃은 것 같다고 말할 수도 있겠지만, 애초에 카로는 잃을 흥미조차 갖고 있지 않다.

나는 쌀쌀맞게 말한다.

"잘 들어, 여기서 6주간 집세도 안 내고 살 작정이라면 날 도와야 해. 그래야 공평하지."

"오오오, 그래야 공평하지! 가엾은 강박증!"

카로는 내 목소리와는 딴판으로 높고 끽끽대는 소리로 내 말을 따라 한다.

나를 강박증이라고 부르는 건 정말 싫다.

나는 손을 가슴에 얹고 후우, 후우 심호흡을 한다. 그러고는 까만 매니큐어를 바른 카로의 손에 수세미와 세제를 쥐여 주며 말한다.

"청소나 하시지요."

카로는 혐오의 눈길로 청소 도구를 보더니 담배를 입에 물고 아이팟을 귀에 꽂은 채 건성으로 개수대를 닦기 시작한다.

마릴린 맨슨의 귀에 거슬리는 악마 같은 웅얼거림 따위는 듣고 싶지 않아서 나는 2층으로 올라간다.

엄마, 아빠가 쓰던 침대에서 엄마가 눕던 쪽에 털썩 앉는 순간 절망적이고 진이 빠져 바짝 말라붙는 기분이 몰려온다. 또다시.

엄마가 보고 싶다. 엄마는 '터무니없고 진실이라고는 눈곱만치도 없지만 아주 그럴싸하게 들리는 이야기'를 잘 지어내는 사람이었지만, '여자들 고민' 같은 걸 아주 잘 들어 주었다.

헤더도 그런 고민들을 잘 들어 준다. 하지만 지금은 이곳에 없다.

나는 한숨을 쉬며 침대를 툭툭 친다.

"보고 싶어요, 엄마."

공기 중에 '미스 디오르' 향이 희미하게 떠돈다.

엄마가 가장 좋아하던 향수다. 슬플 때면 그 향기가 곧잘

코끝에 맴돈다.

침대에 잠시 머물다가 카로가 청소를 잘하고 있는지 검사하러 아래층으로 내려간다.

면접용 양복을 사러 갔던 아빠가 보라색 쇼핑백을 들고 머리를 멋지게 자른 모습으로 돌아온다.

그런 아빠를 보는 것만으로도 눈물이 글썽글썽 차오른다.

나는 목멘 소리로 말한다.

"아빠, 예전하고 똑같은 모습이에요."

아빠는 걱정스러운 표정이다.

아빠는 쇼핑백을 아무 데나 내려놓고 근사한 새 잿빛 양복을 꺼내 보여 준다.

"괜찮은 거 같니, 어떠니?"

"좋아요, 암요. 뭐랄까…… 젊어 보여요. 슬픔에 빠진 늙은 히피 같은 느낌도 덜하고요."

카로도 양복을 유심히 살펴보고 있다.

"이런, 나 같으면 저런 옷은 죽어도 안 입을 거야. 게다가 머리 모양도 한심해. 록 음악 하는 사내 같은 모습이 더 좋았는데."

아빠는 걱정스럽기도 하고 기쁘기도 한 혼란스러운 표정이다.

나는 카로를 째려본다.

"제발 김빠지게 하지 마. 아주 오랫동안 기다려 온 면접이란 말이야."

"그냥 말도 못 해?"

카로가 으르렁거린다.

"그래도 하지 마. 냉장고도 청소해야 해. 베이킹 소다와 레몬 반쪽으로."

카로가 딴청을 부린다.

"차 마시는 시간은 언제야? 난 설탕이랑 알코올이 필요하다고."

"청소 다 하고 나면."

내가 대꾸한다. 완전히 공사장 감독 같다. 하지만 카로한테는 이런 방법밖에 통하지 않는다. 상냥하게 잘해 주면 바이커 부츠를 신은 발로 나를 자근자근 밟고 다니면서 세상에 태어난 것조차 후회하게 만들 것이다.

아니, 엄마 배 속에 잉태된 것조차도.

아니, 떠올리는 것조차도.

카로가 말한다.

"거의 다 했다고."

카로가 담배를 문 채 고무장갑을 끼고 앞치마를 두르고 있는 모습이 너무나 우스워서 나도 모르게 웃음이 나온다.

"잘하고 있군."

내 나름의 당근을 준다.

카로는 이 말에 끙 소리를 내면서 건성으로 히죽 웃어 보이고는 더러운 거품이 잔뜩 떠 있는 개수대로 돌아선다.

나는 아빠한테 양복을 입어 보라고 한다. 아빠는 정말 말쑥해 보인다. 거울 앞에서 몸을 이리저리 돌리며 유행에 맞는 머리 모양과 날씬하게 빠진 양복의 선을 연신 살피는 모습으로 보아 아빠도 기분이 무척 좋은 것 같다.

나는 카로에게 부엌 창문을 앞뒤로 다 닦으라고 하고는 2층에 올라갔다. 여름 방학이 시작되고 죽 가방에 방치되어 있던 학교 숙제들을 시작할 생각이었다.

그 순간, 휴대폰에서 문자 메시지가 뜬다.

마이소터스페이스닷컴! 알레산드로 님에게서 메시지가 와 있습니다.

악! 회원 가입 할 때 휴대폰 번호도 적은 걸 깜박 잊고 있었다.

한숨을 푹 쉬며 맨 위 계단에 털썩 앉는다. 지금 내 방 쪽을 보면 책가방에서 삐져나와 있는 초록색 지리책이 언뜻 보일 것이다.

해야 할 숙제가 손만 뻗으면 닿는 곳에 있다.

이 상황에서 사이트에 로그인해서 새 메일에 답을 해야

할지 말아야 할지 정말로 누군가 조언해 주었으면 좋겠다.

헤더가 멀리 있어서 외롭다.

어떻게 할지 조언해 줄 수 있는 사람은 딱 한 사람이다.

쫑쫑 땋은 머리채를 휙 젖히며 남자애들을 무시하지만, 그래도 남자애들과 가볍게 만나는 일에 대해 모르는 것이 없는 단 한 사람.

문제는 내가 다시 만나자고 할 수 없는 사람이라는 거다.

아무래도 오늘 밤은 역겨운 채소로 만든 저녁밥과 함께 자존심을 꿀꺽 삼키게 될 것 같다.

더는 이렇게 외로운 방학을 보낼 수 없다.

단짝 친구를 되찾아야 한다.

프랜한테 전화를 걸어야겠다.

제7장

|||||||||||||||||||||||||

나는 언제까지나 프랜과 친구일 줄 알았다. 손목을 베어서 한데 맞대는 피의 서약까지 하려고 했지만 나의 작은 문제 때문에 프랜만 자기 피로 서약했다.

어쩌면 거기서부터 잘못되었는지도 모른다. 내 피도 함께 담아 서약해야 했는지도 모른다. 하지만 피는 중대한 *세균 경보*에다 오염 경보의 원흉이다.

우리의 우정이 깨진 뒤로 프랜 생각은 아예 하지 않으려 고 애썼다.

하지만 말이 쉽지 실제로는 참 힘들다. 프랜네 집을 얼마 나 자주 드나들었던가? 프랜이 분홍색 베개를 베고 자다 일 어나서 은빛 자명종을 확인하고 침대에서 뛰어나오는 순간 부터 크림색 계단을 올라가 하얀 욕실에서 노란색 칫솔로 이를 닦고 은은한 분홍색 독서 등을 *끄*는 순간까지 하는 행동 하나하나를 상상할 수 있을 정도다.

지금도 나는 이 모든 것을 짬짬이 마음속에 그려 본다.

그러다 보면 위안이 되기도 하지만 괴롭기도 하다.

그 그림 속에는 더 이상 내가 없기 때문이다.

하지만 곧 모든 게 달라질 것이다.

하늘색 티셔츠에 청 반바지를 입고 은빛 샌들을 신고 내려가 보니 아빠가 벌써 아래층에 와 있다.

아빠가 말한다.

"그렇게 뛰다가는 계단 양탄자가 다 닳겠구나."

이런 말은 하면 안 된다. 의사쌤은 아빠한테 내 의례 행위를 자꾸 신경 쓰고 지적하면 회복이 느려질 뿐이니 그러지 말라고 조언했다.

아빠가 무척 긴장했나 보다.

나는 아빠를 식탁에 앉히고 토스트를 구워 주고 사악한 잼병을 아빠 쪽으로 밀어 준 다음 곤두선 신경을 안정시키기 위해 커다란 머그잔에 차를 따른다.

아침 8시밖에 안 되었고 카로는 점심때나 일어날 테니, 아침은 아빠와 단둘이 오롯이 앉아 먹는다.

기분이 좋다. 아빠는 새 양복을 입고 머리도 깨끗이 감고 앞머리는 젤을 발라 깔끔하게 세웠다. 검은 테의 선생님 안

경까지 써서 몸치장을 마무리 지었다.

내 앞에 있는 사람이 체크무늬 셔츠를 입고 구부정하게 땅을 파던 손톱이 더러운 정원사라고는 상상도 할 수 없을 만큼 딴판이다.

나는 휴대폰으로 사진을 한 장 찍어 헤더에게 보낸다. 헤더는 항상 아빠 그 자체를 사랑하지만 좀 말쑥하게 꾸미는 것도 필요하다고 말한다. (아주 절제된 표현이다.)

게다가 나 같은 문제를 가진 사람이 지저분하고 냄새나는 아빠와 산다는 것은 꽤나 스트레스받는 일이다.

오늘 아빠한테서는 소나무 향 샴푸와 감귤 향 면도 젤 냄새가 풍긴다.

휴대폰에 메시지가 깜박거린다.

이 잘생긴 남자는 누구지? 헤더.

헤더가 농담을 하는 건지, 내가 진짜 생면부지의 사람과 아침을 먹고 있다고 생각하는 건지 잘 모르겠다.

아빠가 어깨 너머로 메시지를 보고는 좋아서 히죽히죽 나오는 웃음을 애써 참으며 말한다.

"농담도 참."

나는 아빠가 이를 닦고 서류 가방을 들고 면접을 보러 차를 몰고 나갈 때까지 기다린다.

그런 다음 계단 위에서 몇 번 더 뛰고는 2층 욕실에서 40

번도 넘게 얼굴을 씻는다.

정전기가 일어서 머리카락이 허공에 곤두설 때까지 머리를 빗는다.

파란 리본으로 머리를 묶고 기다란 파란색 반짝이 귀고리를 한다.

다음 할 일을 위해 준비하는 것이다.

번호는 아직 기억하고 있다.

아빠 방으로 가서 문을 닫는다. 카로가 한마디도 못 듣기를 바란다.

엄마 쪽 침대에 앉는다.

가슴에 손을 얹고 "후우우! 후우우!" 하고 심호흡한다.

그러고 나서 프랜에게 전화를 건다.

제8장

|||||||||||||||||||||

젊고 매력적인 엄마 목소리로 프랜 엄마가 전화를 받는다.

"좋은 아침이에요. 퍼넬러 벤슨입니다."

나는 와락 겁에 질려 쩔쩔매고 만다.

일단 인사는 한다.

"어……, 안녕하세요, 벤슨 아주머니?"

말문이 탁 막힌다.

프랜은 우리가 싸운 일을 엄마에게 모두 털어놓았을지도 모른다. 미친 십 대들이 수용되는 집에 갇히게 된 정신병자라고 왜곡해서 말하지는 않았겠지만. 프랜이 그렇게 못된 애는 아니지만, 마지막으로 만났을 때 나랑 감정이 몹시 안 좋았다.

프랜 엄마는 내 작은 문제를 대할 때 조금 미심쩍은 구석이 있었다. 내가 반짝거리는 개인 접시와 포크, 나이프를 따로 가져오는 것을 허락하면서 '조금 다른 것뿐'이니까 괜찮다고 말하고는 했다. 하지만 그럴 때마다 프랜 엄마는 내 눈을 똑바로 보지 않았다.

"괜찮아요. 시장 조사 때문에요. 다음에 전화드릴게요."

목소리가 찍찍거리듯 높게 나온다.

나는 수화기를 던지듯 내려놓고 침대맡에 있던 화장지로 손바닥에 밴 땀을 닦는다.

우스꽝스럽기 짝이 없다. 프랜 엄마한테도 말을 제대로 못 하는데 막상 프랜하고 통화하게 되면 어떻게 될까?

카로가 한낮이 돼서야 일어나 냉장고를 뒤지고 있다.

"장은 전혀 안 보는 거야?" 하고 아주 멋진 인사말로 나를 맞이한다.

나는 바지에서 지갑을 꺼내 지폐 한 장을 건넨다.

"여기 있어. 가서 생선튀김 좀 사 와. 내 것은 신문지로 싸지 말라고 해. 신문지 잉크에 닿은 건 절대로 못 먹으니까."

카로는 얼굴을 찡그리고 눈알을 굴리면서도 내가 내민 돈을 와락 낚아챈다. 늘 그렇듯 요란하게 울려 대는 아이팟을 귀에 꽂고 뒷문을 쾅 닫고 나가 집 옆으로 난 자갈길을 쿵쿵 내려간다.

"그래, 아주 어른스럽구나!"

나는 이렇게 말하고 식탁에 앉는다.

집 안은 고요하기 그지없다.

아빠가 언제 돌아올지 모르지만 집에 오는 길에 술집에는 들르지 않기를 간절히 바라본다.

아침 먹은 그릇을 설거지하는 것과 마이소터스페이스닷컴에 누가 새로운 메일을 보냈는지 알아보는 것 말고는 딱히 할 일도 없다. 하지만 메일을 확인하는 일과 알레산드로가 보낸 메일에 답장하지 않은 일을 떠올리기만 해도 속이 울렁거리고 죄책감이 밀려오면서 계단에서 100번 뜀뛰기하고 있는 기분이라 아예 생각 자체를 머릿속에서 지워 버리려고 애쓴다.

음…… 꿀꺽, 학교 숙제를 하는 건 어떨까?

맨 아래 계단에서 31번 뛰고 꼭대기 계단에서 31번 뛴 다음 책가방을 들고나와 아까처럼 뜀뛰기를 한다.

아래층 소독한 탁자 위에 깨끗한 새 공책을 쫙 펼친다.

안도의 한숨을 쉬며 두툼한 지리책을 막 펼치려는데 날카로운 전화벨 소리가 귀를 파고든다.

나는 헤더인 줄 알고 장난스러운 목소리로 전화를 받는다.

"숙제의 집입니다. 브라질 열대 우림에 사는 젤라 그린입니다."

짧은 침묵이 흐르고 조그맣게 숨을 들이쉬는 소리가 난다.

나도 숨을 죽인다.

그 숨소리를 알고 있다.

프랜이다.

그대로 털썩 주저앉고 싶었지만 복도라서 앉을 의자가 없는 탓에 등에 달라붙을 만한 끔찍한 것이 없기를 바라며 벽에 기댄다.

카로는 코딱지나 손톱 때를 파내서 그 징그러운 것을 아무 데나 붙여 놓는 불쾌한 버릇이 있다.

나는 숨을 잇달아 꿀꺽꿀꺽 삼킨다. 내 심장은 바보처럼 정신없이 두방망이질하고 있다.

프랜이 말한다.

"엄마가 웬 모르는 여자애가 시장 조사를 핑계로 전화를 걸어왔다고 했어. 난 네가 틀림없다고 생각했지."

아주 멋지다.

그러니까 이제 나는 프랜네 집에서 '모르는 여자애'가 되었구나.

"그래, 나였어. 급한 일이 있거나 한 건 아니야. 전화할 것까진 없었는데."

다시 긴장된 침묵이 흐른다.

프랜이 말한다.

"뭐, 알았어. 통화 즐거웠어. 안녕."

프랜이 막 전화를 끊으려는 순간, 나는 헤더의 노트북에서 기다리고 있는 메일을 떠올리며 정말이지 체면 구겨지게 "아니야! 전화 끊지 말아 줘!" 하고 다급히 외친다.

프랜은 전화를 끊지 않는다. 흥미 있어 하는 것이 느껴진다. 이 상황을 즐기고 있는 게 분명하다. 내가 부탁할 것이 있는 상황. 가장 우정이 필요했던 순간에 나를 저버리고 우정을 거두어 간 프랜이라 할지라도 말이다.

나는 가급적 절박한 티가 나지 않도록 목소리를 고른다.

"좋아, 본론부터 이야기할게. 내가 어떤 웹 사이트에 가입하게 됐어. 마이소터스페이스닷컴이라고, 들어 봤니?"

재미있다는 듯 쿡쿡 소리가 들려온다.

"응, 들어 봤어. 거긴 짝 없는 사람들이 득시글하다던데."

나는 열이 나서 붉으락푸르락한다.

내가 말한다.

"프랜, 너한테 그런 말이나 들으려고 전화한 건 아니야. 전화한 건, 어……."

이 대목에서 나는 헛기침하고 다섯을 센다.

이 아부 한마디가 기적을 낳기를 바라며 이렇게 덧붙인다.

"네가 좀 도와줘야 할 것 같아. 여자애들 고민거리거든. 넌 그런 걸 잘 알잖아."

프랜의 답을 기다린다. 무례하고 빈정거리는 대답이 돌아올 게 뻔하다. 기다리는 동안 나는 고개를 돌려 등에 묻은 것이 없는지 확인한다.

전화기 건너편에서 프랜은 손으로 송화기를 막고 있다. 달그락거리는 소리와 주전자 물 끓는 소리 사이사이로 화내며 나무라는 엄마와 소리 죽여 이야기하는 프랜의 목소리가 들린다.

"네가 편한 시간에."

나의 웅얼거림은 프랜에게 들리지 않은 게 분명하다.

그때 아빠 차가 집 앞에 서고 뒷좌석에서 아빠가 서류 가방을 꺼내는 모습이 언뜻 보인다.

다시 심장이 두근두근 뛰기 시작한다. 아빠가 합격했어야 하는데! 합격했을 거야. 제발…….

"무슨 고민거리냐고 묻고 있잖아?"

프랜의 목소리에 나는 퍼뜩 현실로 돌아온다.

"그러니까 고민거리인 건 맞는데, 사실은 나도 잘 모르겠어. 남자애한테서 편지를 받았어. 좀 복잡해. 그런데 아빠한테는 이런 이야기를 할 수가 없는 게 아빠는 구직 면접도 있고, 어쨌거나 이런 문제에 대해서 영 꽝이잖아."

다시금 키득거리는 소리가 들린다.

프랜이 말한다.

"너희 아빠가? 정말로 면접이 잡혔어?"

아빠가 상사병에 걸린 실직한 알코올 의존자로 타락해 가는 한심한 모습을 프랜도 곁에서 지켜보았다.

"그래, 그러니까 이쪽으로 올 거야, 말 거야? 어떻게 할래?"

내가 갑자기 정색하며 딱 부러지게 물은 것이 효과 만점이었다. 프랜이 순한 목소리로 속삭인다.

"좋아, 내가 갈게. 오늘 오후?"

프랜과 약속을 정하고 나니, 아빠가 들어와서 나를 꼭 안는 시늉을 하고, 카로가 생선튀김을 들고 들어와 내 기분을 더욱 형편없이 구겨 놓는다. 모든 것이 악몽 같은 말도 안 되는 혼돈 속으로 되돌아간다.

생선튀김을 사러 갔던 카로가 죄 엉뚱한 것들만 사 가지고 오는 바람에, 아빠는 대구가 먹고 싶었는데 오래된 소시지를 먹어야 했고, 해덕을 좋아하는 나는 가자미를 먹어야 했다. 카로는 자기 몫의 생선 살 토막과 콩팥파이를 어리둥절한 표정으로 내려다보더니 "뭐 어쩔 수 없지." 하고는 음식을 먹어 치운다. 꼭 핵폭발에서 살아남은 유일한 생존자가 굶주린 배를 움켜쥐고 따끈한 정크 푸드를 찾아 온 세계를 샅샅이 뒤지고 다니다가 세상에 남은 마지막 음식을 발견하기라도 한 듯한 모습이다.

아빠는 면접 본 일에 대해 별말이 없다.

"잘한 것 같아."

이 한 마디가 전부다.

점심을 먹고 나서 아빠는 2층으로 올라가 근사한 양복을 벗어 던지고 빨간 셔츠와 낡은 갈색 바지로 갈아입는다. 그러고는 정원용 장화를 신고 행복한 표정으로 정원으로 내려간다.

한숨이 나온다. 아빠가 예전처럼 교실에서 셰익스피어와 초서를 열정적으로 강의하는 모습은 이제 상상도 안 된다.

'셰익스피어 작품에 멋진 채소밭 장면들이 나오기나 할까…….' 하는 생각을 하고 있는데, 카로가 그림을 그리러 위층에 올라가 봐야겠다고 한다. 카로가 그림을 잘 그리는 건 사실이고, 그림 그리기는 자해하는 버릇을 억누르는 데도 도움이 되기 때문에 나는 그러라고 한다. 언제나처럼 설거지는 내 몫이 되고 만다. 어쨌거나 그림 그린답시고 뭔가 다른 일, (중대한 *오염 경보*와 *세균 경보*인) 피와 관련된 무슨 짓을 하는 건 아닐까 불안하기도 하다.

왠지 조마조마하고 마음이 어지러워 접시 바닥에 생선 덩어리가 붙어 있는 것도 못 보고 넘겼다가 같은 접시를 세 번이나 닦기도 한다.

나는 한쪽 눈으로 계속 시계를 힐끔거리며 노란 고무장갑
을 끼고 설거지를 한다.

　세 시간.

　프랜이 오려면 세 시간 남았다.

제9장

3시 30분, 카로는 여전히 2층에 있고 아빠는 정원에 있다. 정원에서는 흙덩이들이 허공을 날아다니고 소각로에서는 연기가 피어오르고 있다.

카로를 생각한다. 포레스트 힐에서 나와서도 그 애와 친구가 되어 함께 돌아다니고 공연도 보고 멋지고 흥미로운 사람들도 많이 만나게 되지 않을까 하는 어리석은 생각을 한 적도 있었다. 하지만 현실은 카로 때문에 열받고, 카로 때문에 집이 예전보다 훨씬 더 *오염 경보*와 *세균 경보*로 가득 차게 되었을 뿐이다.

엄살이 아니라 정말 그렇다.

솔이 보고 싶다.

젤라 행성에서 혼자 지내다 보니 점점 더 외로워진다. 나도 친구 한둘쯤은 있었으면 좋겠다. 아니, 딱 한 명이라도.

거실 창문으로 프랜이 오는지 내다보지 않으려고 애쓰지만 쉽지 않다.

파란색 자동차가 지나갈 때마다 심장이 쿵쿵 뛰고, 자동차가 서지 않고 그냥 지나가면 안도와 실망이 뒤섞인 강렬한 감정이 가슴을 찌른다.

나는 혼잣말을 되뇐다.

"정신 차려! 프랜이 또 끔찍하게 굴지도 몰라. 오늘 만남은 큰 재앙이 될 수도 있다고."

어떻게 보면 이미 어느 정도는 망했다고 볼 수도 있다. 의례 행위들을 평소보다 4배나 더 많이 했고, 지금도 혐오감에 진저리 치면서도 손톱 밑의 때를 빼내고 있지 않은가.

강박증에서 벗어나는 날이 과연 오기는 올까?

2주에 한 번씩 다니는 복지 센터의 치료사 스텔라는 늘 깨끗하고 하얀 가운을 입고 있다. 스텔라는 내가 강박증에서 벗어나는 날이 반드시 올 거라고 한다.

그래도 난 자신이 없다.

이렇게 낫는 속도가 느려서야 어느 세월에 다 낫겠느냐고 투덜거리는 나에게 스텔라는 이렇게 말한다.

"로마도 하루아침에 이루어지지 않았는걸."

어쨌거나 그것은 한심한 속담이다. 로마야 백만 년에 걸쳐 이루어졌는지 몰라도 난 그렇게 오래 기다리지 못한다.

내가 그렇게 말하자 스텔라는 조그맣고 하얀 이를 반짝이며 소리 내어 웃을 뿐이다.

스텔라는 이 세상에서 가장 깨끗한 사람이다.

나는 스텔라가 정말 좋다.

부르릉 하는 굉음과 끼익 소리가 나더니 프랜 엄마의 높다란 파란색 스테이션왜건이 우리 집을 지나쳐 멈추어 선다.

대단하다. 내가 사는 곳도 벌써 잊었나 보다. 뭐, 프랜을 우리 집 앞에 내려 준 지도 꽤 오래되긴 했다.

그런데 놀랍게도 프랜 엄마까지 차에서 내리는 게 아닌가! 프랜 엄마는 초록색 누빔 재킷과 비 오는 시골길에서나 신을 것 같은 웰링턴 부츠(무릎길이의 승마용 부츠 : 옮긴이) 차림이다. 프랜 엄마가 프랜을 데리고 현관 길을 올라와 문을 쾅쾅 두드린다.

나는 가슴이 조여드는 기분을 느끼며 두 사람을 맞이한다.

프랜 엄마는 내가 뭐라고 말을 꺼내기도 전에 밀치듯이 나를 지나쳐 우리 집 칙칙한 거실로 들어간다.

프랜은 살짝 긴장한 미소를 띤 채 엄마를 따라간다.

프랜 엄마가 똑 부러지는 사무적인 어조로 말한다.

"그래. 안녕, 젤라. 아주 중요한 일이 있대서 프랜을 데려왔다. 너만 괜찮다면 프랜이랑 뭘 할 작정인지 정확히 듣고 싶구나."

마치 내가 프랜을 조각조각 내서 가마솥에 넣고 끓일 계획이라도 꾸미고 있다는 투다. 그런 일이라면 카로한테 더 어울릴 텐데.

나는 침을 꿀꺽 삼키고 부엌으로 두 사람을 안내한다.

나름 예의를 차리려고 말한다.

"차 좀 드시겠어요?"

"아니, 됐다."

내가 젖은 대구로 머리를 한 대 후려치기라도 한 듯한 말투다.

프랜 엄마가 빈 의자를 가리키더니 나더러 앉으라고 손짓한다.

"시설에서 나온 지 얼마나 됐지?"

나는 멍하게 프랜 엄마만 쳐다본다.

잠시 뒤에야 무슨 말인지 알아차리고 되묻는다.

"아, 포레스트 힐을 말씀하시는 건가요? 거긴 시설이 아니라……."

"그래, 그게 뭐든 우리가 보기에 넌 치료가 많이 필요한 아이야."

방금 내가 무슨 말을 들은 거지?

항상 웃는 얼굴로 집에서 자고 가도 된다고 허락해 주고 프랜한테 멋진 단짝 친구가 생겨서 기쁘다고 말하던 사람은 대체 어디로 갔단 말인가?

나는 자세를 똑바로 고쳐 앉는다.

제 엄마 말에 프랜은 얼굴이 새빨개진다.

프랜 엄마가 민망해서 어쩔 줄 모르는 딸에게 말한다.

"이런 건 짚고 넘어가야 해. 다 네 안전을 위해서란다."

안전?

대체 프랜이 자기 엄마한테 무슨 소리를 한 것일까? 내가 도끼를 휘두르는 미치광이 살인마라도 된단 말인가? (내가 피와 지저분한 나뭇조각들을 싫어한다는 건 누구나 알기 때문에 그럴 가능성은 없지만.)

프랜의 반지르르한 갈색 얼굴에 은은히 땀이 배어나고 검은 눈은 겁에 질려 어찌할 바를 모른다.

프랜이 말한다.

"엄마, 두 시간만 있다가 데리러 오면 안 돼요? 괜찮아요. 정말로요."

프랜 엄마는 더없이 못마땅한 표정으로 나를 노려보고, 정원 안쪽에 있는 한때 나의 아버지로 알려진 지저분한 몰골의 사내를 노려보고, 마뜩잖은 듯 부엌을 둘러본다.

상황은 이보다 더 나빠질 수도 있다.

프랜 엄마가 이 미친 집안의 또 한 사람과 마주칠 수도 있으니까.

제발 그런 일만은 없기를……

"안녕."

카로가 커다란 판지를 옆구리에 끼고 부엌으로 어슬렁어슬렁 들어온다. 프랜 엄마의 바버 재킷(왁스를 이용해 방수 처리한 재킷 : 옮긴이)과 부츠를 비웃듯 흘끔 쳐다본다.

카로가 툴툴거리며 말한다.

"저런, 말 타고 시골길을 돌아다니다 오셨나."

프랜 엄마는 경악해서 말을 잃는다. 사람들이 카로를 처음 만났을 때, 아니 열 번을 만났어도 으레 보이는 반응이다.

프랜 엄마가 일어나서는 젠체하는 태도로 부엌을 나서며 프랜에게 말한다.

"5시 반에 올게. 더 이상은 안 돼. 오늘 밤에 승마 모임 있는 거 알지?"

카로가 킬킬거린다.

프랜 엄마는 코를 톡 쏘는 젖은 개 냄새와 왁스 재킷 냄새를 훅 풍기며 떠난다. 윽.

나는 창문을 열고 폐에 신선한 공기를 들여보내기 위해 토하듯 기침을 해 댄다.

프랜이 가방을 바짝 끌어안고 긴장한 눈으로 카로를 살펴보고 있다. 음, 카로는 마릴린 맨슨 티셔츠와 카고 바지를 입

고 있는데, 눈썹에 달린 안전핀과 어울리는 은색 안전핀들이
바지 옆 선을 따라 죽 달려 있다.

카로가 말한다.

"좋아. 가만있어 봐. 내가 맞혀 볼게. 너 프랜 맞지?"

의자에 앉은 프랜이 꼼지락거리며 고개를 끄덕인다.

"어떻게 알았어?"

카로가 소리 내어 웃는다. 그다지 호의적인 웃음소리는 아
니다.

"강박증이 네 이야기를 다 해 줬거든."

프랜이 카로에게 말한다.

"내 잘못만은 아니었어. 젤라의 의례 행위들이 너무 심해
지고 있었으니까."

카로는 프랜 맞은편에 앉아서 피어싱한 눈썹을 추켜세우
며 싸늘한 눈길로 지그시 바라보고 있다.

"그래서?"

이런. 카로 대폭풍이 몰아칠 것 같다.

내가 얼른 나선다.

"됐어. 다른 이야기 하자. 케이크 먹을 사람?"

지난번에 만든 레몬케이크는 남아 있지 않았지만 나는 다
가오는 폭풍을 어떻게든 피해 보려고 발버둥 치고 있다.

카로가 프랜을 보며 말한다.

"빌어먹을 케이크. 내가 한마디 할 게 있는데, 꼬마 아가씨."

프랜이 화난 꼬마처럼 항의하듯 꺅 소리를 낸다. 카로는 헐렁한 카고 바지 차림이고, 프랜은 분홍 원피스에 갈색 머리를 단정하게 땋고 작은 꽃들이 달린 신발을 신고 있다. 카로와 놓고 보면 프랜은 고작 한 살 어린데도 꼭 천진난만한 어린애처럼 보인다.

카로가 금발 머리를 거칠게 내 쪽으로 기울이며 말한다.

"내 최고의 친구, 강박증을 속상하게 하면 누구든 가만두지 않을 거야. 알았어?"

프랜의 얼굴이 하얗게 질리더니 이내 붉어진다.

완전한 악몽이다. 게다가 언제부터 카로가 내 최고의 친구가 되었단 말인가?

"그만."

단호한 내 목소리에 나도 놀라고 아이들도 놀란다.

"프랜은 건드리지 마. 도와줄 게 있어서 온 거야."

프랜이 중얼거린다.

"아, 그랬나? 처음 듣는 말인데. 난 딱히 뭘 약속한 건 없거든."

프랜은 내가 이를 앙다문 채 엉덩이에 손을 척 걸치는 것을 보더니 입을 다문다.

"반짝거리는 파란색 귀고리 줄게."

프랜은 늘 나 몰래 그 귀고리들을 간절한 눈빛으로 훔쳐보고는 했다.

프랜이 말한다.

"좋아."

"여러분의 사업상 거래를 방해해서 미안하지만, 난 그 케이크 좀 먹어야겠어." 하고 카로가 말한다. 우리에게 큰 은혜를 베푸는 듯한 말투다.

오, 멋져. 지금부터 나는 강박증의 괴상한 꼴을 적나라하게 보여 주어야 한다.

오래된 스펀지케이크가 묻는 게 싫어서 고무장갑을 끼고 케이크 틀 안을 뒤적거리다가 옛날 옛적에 만든 배턴버그케이크(바둑판무늬로 들어 있는 분홍색과 노란색 스펀지케이크를 마지팬으로 감싼 케이크 : 옮긴이)를 찾아낸다. 두 조각을 잘라 프랜과 카로에게 준다. (나는 유통 기한이 지난 케이크는 먹지 않는다. 중대한 *세균 경보*니까.) 우리는 침묵 속에 앉아 있다.

카로와 프랜은 분홍색과 노란색의 네모난 스펀지케이크를 감싼 끈적한 마지팬(아몬드와 설탕을 섞은 반죽 : 옮긴이)을 벗겨 내고 여봐란듯이 공들여 스펀지케이크를 색깔별로 분리하고 있다. 행복한 미소와 유치한 음악만 없다 뿐이지,

마치 어린이 텔레비전 프로그램 진행자가 뭔가 만드는 시범을 보이는 장면 같다.

나는 손목시계를 확인한다. 이미 많은 시간을 말다툼으로 낭비한 터라 프랜을 데리고 2층으로 올라간다. 혼자 남은 카로는 담배를 피우면서, 멀어져 가는 프랜의 말쑥한 뒷모습에 사악한 눈길을 던지고 있다.

프랜은 고개를 치들고 뽐내는 걸음걸이로 부엌을 나선다.

내가 계단에서 뜀뛰기하는 동안 프랜은 잠자코 기다린다.

프랜이 혀를 깨물며 참고 있는 게 눈에 보인다.

어색하기 짝이 없다.

그리고 슬프다.

우리는 생물 실험실 뒤쪽에서 소곤댄다고 야단맞기 일쑤였다. 수다를 떨지 않을 때면 문자를 보내고, 문자를 보내지 않을 때면 매일 밤 전화기를 붙들고 온갖 이야기를 나누고, 그것도 모자라 한밤중에 메일을 써 댔다.

그동안 함께 수다 떤 5년의 세월이 어떻게 이렇게 긴장되고 어색한 순간으로 바뀔 수 있단 말인가?

하지만 이미 벌어진 일이다.

프랜은 내 방으로 따라 들어와 반짝거리는 하얀 벽들과 하얗게 표백된 베갯잇을 둘러보고 소독된 공기의 냄새를 킁

킁 맡는다.

프랜이 한 말은 그저 "아직도 강박증이 있어?"라는 말뿐이지만, 그것만으로도 충분하다.

나는 얼굴이 새빨개져 내 은색 샌들만 내려다본다.

내가 말한다.

"그런 건 됐어. 네 조언이 필요해. 어떤 남자애한테 메일을 받았는데 답장을 할지 말지 고민이야."

프랜은 믿기지 않는다는 표정이다.

"남자애가 보낸 메일 하나 읽으라고 나를 부른 거야, 젤라? 고작 그것 때문에 전화했다니 믿을 수가 없어."

나는 다시 얼굴을 붉히며 입술을 깨문다.

"좋아. 나 혼자 그 메일을 읽을 수도 있었어. 하지만 읽고 나서 어떻게 해야 할지 모르겠단 말이야."

프랜이 예쁘장하게 휘어진 눈썹을 추켜세우자 나는 침대 가에 털썩 주저앉는다.

나는 솔직히 털어놓는다.

"알았어. 그래, 난 외로운 방학을 보내고 있어. 그건 인정해. 그리고 이 남자애가 보낸 메일에는 정말이지 네 도움이 필요해."

프랜이 반질거리는 머리를 획 젖히고 맵시 있는 데님 재킷을 벗어 의자 등받이에 걸쳐 놓은 다음 내 책상 앞에 앉는다. 그리고 디자이너 안경집을 딸깍 열어서 비싸 보이는 분홍색 안경을 코에 걸친다.

"좋아. 어디 좀 봐."

나는 헤더의 노트북을 열고 알레산드로가 보낸 첫 메일을 클릭해 보여 준다. 프랜은 말없이 읽더니 입꼬리를 한쪽으로 말아 올린다.

프랜이 입을 연다.

"음, 그 헤비메탈 부분은 맘에 안 들어. 어쩌면 저 아래층의 네 친구랑 어울릴지도 모르겠다."

이렇게 말하며 무시하는 태도로 열린 문 쪽을 향해 고갯짓한다.

"하지만 십 대 살인자 같진 않아. 네가 걱정하는 게 그거라면 말이야."

프랜이 이메일의 마지막 부분을 빼먹고 읽은 게 아닐까 싶어서 나는 화면을 가리킨다. (물론 화면에 직접 닿지 않도록 한다. 화면의 얼룩들은 오염 경보이고, 만일 손이 닿았다가는 깨끗한 하얀 천을 가지고 와서 닦아 내야 할 테니까.)

"그래서, 뭐?"

프랜이 말쑥한 분홍빛 여자애다운 외모와 전혀 어울리지 않게 말한다.

"부모가 감옥에 있는 애들이 얼마나 많은데. 이제야 21세기에 온 걸 축하해, 젤라. 내 말은, 딱히 놀랄 게 없다는 말이야, 안 그래? 너도 그 괴짜들이랑 포레스트 힐에 갇혀 있었잖아. 지금쯤이면 그런 이상한 사람들에 대해선 잘 알 텐데."

나는 심호흡하며 마음을 진정시키려 애쓴다. 프랜이 알레산드로의 아빠가 감옥에 간 것도 별것 아니라고 말하는 건 그저 내 예상과 정반대로 행동하기 위해서임을 나는 잘 알고 있다.

호락호락하지 않다. 프랜은 호락호락하지 않은 예전 단짝 친구다.

알레산드로가 보내온 새 메일이 아직 남아 있어서 나는 덜덜 떨리는 손으로 메일을 클릭한다.

처음 보낸 메일을 읽어 보았느냐고 묻는 내용이다.

내가 말한다.

"그래서 네가 보기에는 내가 답장해야 할 것 같니? 답장을 안 보내면 무례한 게 아닐까?"

프랜은 일어서더니 나를 의자에 앉히고 내 어깨 너머로 화면을 보며 짜증 섞인 태도로 마지못해 답장 쓰는 것을 도와준다. 우리가 쓴 답장은 이렇다.

알레산드로에게

두 번의 메일 고마워. 내 이름은 진짜로 젤라야. 내 이름이 이상하다고 생각하진 않지만, 뭐 익숙한 일이야. 나는 런던 서부에서 정신 나간 아빠랑 살고 있고, 지금은 '카로'라는 친구랑 같이 지내고 있어. 카로는 마릴린 맨슨에 푹 빠져 있는데, 이유는 모르겠지만 우리 아빠는 그 애가 엄청 대단하다고 생각해. 나는 취미가 별로 없어. 아빠가 구직 면접을 보게끔 신경 쓰고 집 안 구석구석을 청소하느라 다른 짬이 안 나거든. 뭐, 지금 그 이야기를 하려는 건 아니고. 그건 그렇고, 아버지가 감옥에 있다니 유감이다. 어쨌거나 곧 다시 편지할게. 젤라.

나는 '사랑'이니 뭐니 터무니없는 단어는 절대로 안 쓴다. 거짓 신호를 주고 싶진 않다.

프랜이 맞춤법을 확인한 뒤에 내가 전송 버튼을 누른다. 메일이 사이버 공간으로 휙 날아가자, 나는 다리가 후들후들 떨리고 온몸의 피가 다 빠져나간 듯한 기분에 깔끔한 내 이불 끝자락에 털썩 주저앉는다.

프랜이 설탕을 넣은 차를 타러 아래층으로 내려간다.

내가 아래층에다 대고 소리친다.

"나는 빨간 꽃무늬가 있는 하얀 찻잔만 써!"

조금 한심한 줄은 알지만 어쨌거나 그건 나만의 특별 찻잔이다.

다른 누구도 젤라의 찻잔을 쓰지 못한다.

프랜은 남은 시간 내내 내 귀고리란 귀고리는 모두 걸어 보고 내 화장품을 발라 보면서 자기 삶이 얼마나 멋진지, 내 인생은 얼마나 보잘것없는지 이야기해 준다.

5시 30분이 되자 프랜이 일어서더니 장밋빛 테 안경을 은색 디자이너 안경집에 딸깍 넣고 맵시 있는 갭 청 재킷을 입는다.

나는 입을 꾹 다문 채 반짝이는 파란색 귀고리를 건네주고, 프랜은 그것을 구슬 장식 손가방에 넣는다.

집 앞에서는 운전석에 앉은 프랜 엄마가 손톱으로 차 옆면을 탁탁 두드리고 입짓으로 '조랑말'이라는 단어를 그리면서 손목시계를 들여다보고 주위 공기를 오염시켜 가며 무시무시하게 엔진 회전 속도를 올리고 있다.

프랜이 말한다.

"좋아, 그럼 나중에 그 애가 답장을 하는지, 또 너를 만나고 싶어 하는지 알려 줘. 넌 입고 나갈 옷에 대한 조언이 아주 심각하게 필요하니까."

"고마워."

나는 프랜이 방금 말한 것과 똑같이 예의 차린 목소리로 대답한다.

우리는 서로 닿지 않으려고 애쓰며 어두침침하고 비좁은

복도를 천천히 내려간다. 나는 현관 앞길까지 배웅한다.

물론 나는 내 문제 때문에 누구도 만질 수 없다. 하지만 프랜은 그런 문제가 없지 않은가.

프랜은 내가 싫은 게 틀림없다.

"그럼, 안녕."

프랜이 인사를 남기며 엄마 차로 뛰어가는데, 비로소 안도하는 기색이 역력하다. 우울증을 앓는 아버지, 악마 숭배자, 의례 행위를 하는 정신 나간 도끼 살인마가 불협화음 속에 살아가는 미친 가정에서 도망치고 있다.

"잘 가."

나는 슬픈 목소리로 조그맣게 인사한다.

그리고 나서 집으로 돌아간다. 하, 집이라니 농담이다.

우리 집은 스트레스로 가득하다.

십 대들이 즐기는 재미있는 일이 뭔지도 잊어버렸다.

이번 여름은 최악이다. 그 어느 때보다도.

제10장
"""""""""""""

사흘이 지나도 알레산드로에게서 답장이 없다.

바보 같은 답장을 보고 관심이 식은 게 틀림없다. 이상한 것은 그 애한테 마지못해 답장했으면서도 막상 메일이 안 오니까 조금 짜증이 난다는 사실이다.

하지만 오늘 아침 헤더의 노트북에서 새로운 메일이 나를 기다리고 있다.

'마키(마크의 애칭으로, 얼룩이라는 뜻 : 옮긴이)'라는 애가 보낸 메일인데, 이름만 봐도 괜히 초조하고 불안해진다.

나는 '이' 자로 끝나는 이름을 별로 좋아하지 않는다. 왠지 깔끔하게 떨어지지 않는 느낌이다. 짐작하겠지만 나는 깔끔하고 단정한 것을 좋아한다.

메일에 따르면 그 남자애는 열여섯 살에 키가 크고 금발에다 요트 타기와 테니스를 즐기고 여가 시간에는 컴퓨터

게임을 만든다고 한다.

'나는 스무 살쯤엔 백만장자가 되고 싶어.'라고 편지 맨 끝에 쓰여 있다. 그리고 '나는 드래곤스 덴('용들의 굴'이라는 뜻으로, 자수성가한 사업가 다섯 명이 돈을 투자할 사람이나 아이템을 찾는 프로그램 : 옮긴이)에 출연한 최연소 출연자이기도 해.'라고 썼다.

"흥."

이 대목을 읽으며 나는 코웃음을 친다. 나는 돈을 대단하게 여기지 않는다. 아빠가 좋은 직업을 가진 적도 없고 옷도 대부분 인터넷에서 사는 형편이기는 하지만.

그러다 프로필에 올라온 사진이 언뜻 눈에 띄어 심드렁하게 클릭했는데, 웬걸, 정말로 잘생긴 남자애가 튀어나와 멋지게 그은 얼굴과 상냥한 푸른 눈으로 나에게 싱긋 미소를 보내는 게 아닌가! 그 순간 내 머릿속은 '오, 이런! 에라, 모르겠다! 답장을 보내는 게 낫겠어.' 하는 생각뿐이다. 나도 모르는 사이에 내 인생에 관한 모든 것을 장장 세 장에 걸친 장편 서사시로 풀어놓고 덜덜 떠는 만신창이가 되기 전에 얼른 전송 버튼을 누르고 만다.

오늘 아침에는 얼굴을 50번쯤 문질렀다. 평소보다 20번이나 더 많은 횟수다.

피부가 얼마나 따갑고 얼얼한지 통증을 가라앉히려고 아

빠가 먹는 진통제까지 먹는다.

내 방으로 돌아와 '재앙 같은 데이트 중독을 극복하는 법'이라는 웹 사이트를 읽고 있는데, 아빠가 2층으로 쿵쾅거리며 뛰어 올라와 내 방으로 들이닥친다.

"젤라, 비상사태야!"

아빠는 숨을 헐떡이며 다시 방 밖으로 뛰쳐나간다.

나는 깜짝 놀라 노트북을 탁 닫고 벌떡 일어난다.

무슨 일이지? 카로가 집에 불을 지르거나 집단 악마 숭배를 위해 마릴린 맨슨을 초대하기라도 했나?

부엌으로 뛰어가 보니 아빠가 종이 한 장을 들고 왔다 갔다 하고 있다.

카로는 보이지도 않는다.

"무슨 일이에요? 카로는 어디 있죠?"

아빠는 어리둥절한 표정이다.

"자고 있겠지. 달리 갈 데가 있어? 이제 11시밖에 안 됐는데."

"비상사태란 게 대체 뭐예요?"

아빠가 떨리는 손으로 편지를 건네준다.

나는 손톱 끝으로 편지를 받아 들어 식탁에 내려놓는다.

편지에는 이렇게 쓰여 있다.

그린 씨에게.

저희는 기쁘게도 귀하에게 액턴 W3에 위치한 스미스필드 고등학교 영어 교사 자리를 제안하고자 합니다. 8월 12일 월요일에 학교 비서실로 연락을 주시면 가을 학기 시작 전에 2주짜리 오리엔테이션을 받게 될 것입니다.

학교 비서 S. 스마트 올림.

수많은 생각들이 나의 멍한 뇌 속을 휙휙 지나간다.

첫째, 이것이 왜 비상사태라는 거지?

두 번째 생각에 첫 번째 생각은 금세 가려져 버린다. 아빠가 일자리를 구했다! 드디어 취직이 된 것이다!

세 번째 생각은 아빠가 직장에 나가게 되면 나 혼자서 많은 시간을 보내게 될 거라는 것이다.

네 번째 생각은 이렇다. 카로는 언제쯤 양부모님한테 돌아갈 것인가? 카로는 학교를 안 다니기 때문에 아빠가 온종일 집을 비운다면 카로 혼자 우리 집을 지키게 될 테고, 날이면 날마다 학교에서 돌아오면 카로와 만나게 될 것이다. 역겹고 사악한 젊은 새엄마 같은 존재로…….

"왜?"

아빠가 말하고 있다.

"할 말이 없니? 기쁘지 않아, 공주님?"

나는 황급히 생각을 떨쳐 내고 포옹하는 몸짓을 한다.

"야호! 일자리를 구했네요! 정말 잘됐어요."

그러고는 2층으로 도로 뛰어 올라가 메일을 억만 번째 확인한다.

아무것도 없다.

딱히 청소가 필요하지는 않지만 소독제를 가져다가 까만 노트북 자판을 대대적으로 청소하는 수밖에.

나의 사소한 문제는 점점 악화되는 것 같다. 카로의 짜증 스러운 행동 때문이기도 하고, 온라인에서 낯선 남자애들과 메일을 주고받는 것에 신경이 쓰여서 그런 것 같기도 하다.

자, 가자! 계단에서 뜀뛰기하러.

또다시.

토요일 오전, 아침 먹은 걸 치우고 나서 먹을거리를 사러 가기 전에 숙제를 눈곱만큼 한다. 초서가 쓴 '바스의 여장부' 에 관한 보고서를 한 10단어쯤 쓴다. 그 작품은 제목만으로 도 내 기운을 북돋우기에 충분하다. 나는 바스, 그러니까 목 욕과 아주 친하다.

하지만 목욕 후 욕조 가장자리에 남는 누리끼리하고 더러 운 거품 선은 그다지 반갑지 않다. 오염 경보.

목욕 이야기에 자극을 받은 나는 숙제를 한 뒤 바로 목욕을 한다.

향긋한 라임 향 비누 거품 속에 누워 가슴에 손을 올린 채 기분 좋고 평화로운 순간을 만끽하기 위해 "푸! 푸!" 하고 한껏 숨을 내쉬는 것도 즐겁다.

과연.

카로가 욕실 문을 쾅쾅 두드리며 소리친다.

"야, 강박증! 나 좀 들어가야 돼. 지금 당장!"

나도 큰소리로 대꾸한다.

"좀 기다려 줄 수 없어? 차분하게 목욕하는 중이야. 치료의 한 부분이라고. 스텔라가 처방해 줬어."

물론 새빨간 거짓말이지만, 카로가 나를 평화로이 내버려 두게 할 방법으로 떠오르는 게 이것뿐이다. 카로는 거의 모든 일에서 끔찍하게 굴지만 치료에 대한 것은 그래도 이해해 주는 편이다.

마땅히 이해해 줘야 한다. 지금까지 해도 너무했으니까.

카로가 말한다.

"아, 그래."

침묵이 흘렀지만 여전히 욕실 문밖에서 서성거리는 기척이 느껴지더니 방문이 쾅 닫히는 소리가 나고 너무나도 익숙한 마릴린 맨슨의 으르렁거림이 지옥의 불구덩이에서 솟아오른다.

이제는 나까지 가사를 몽땅 외우고 있다니, 조금 걱정스럽다.

심지어 비누 거품에 몸을 담근 채 노래까지 따라서 흥얼거리고 있다.

욕조에서 나올 즈음 나는 완전히 쪼글쪼글해졌지만 상관없다.

엄청나게 깨끗하고 위생적인 상태니까.

"만세."

나는 거울에 비친 깨끗해진 내 모습에 말을 건넨다.

특별히 새 탤컴파우더(활석 가루에 붕산, 향료 등을 섞어 만든 것으로, 주로 땀띠약으로 쓰인다 : 옮긴이)를 꺼내 사랑스럽고 깨끗한 파우더를 몸 구석구석 골고루 뿌린다.

"끝내주는걸."

내 방으로 가서 깨끗한 옷을 골라 입을 생각을 하며 욕실 문을 열고 나오는데 뭔가 이상한 느낌에 아래를 내려다본다.

발밑의 양탄자에 빨간 것이 커다랗게 얼룩져 있다.

"빌어먹을."

카로가 또다시 시작했다.

제11장
||||||||||||||||||||

자.

중대한 *오염 경보*와 *세균 경보*가 울리는 순간이다.

나는 큼직한 핏자국 바로 옆에 맨발로 서 있다.

악몽이다.

나는 안전한 욕실로 도로 펄쩍 뛰어 들어간다.

욕실에는 비닐봉지에 든 하얀 수건이 두 장 있다. 내가 좋아하는 걸 알고 헤더가 호텔에서 슬쩍해 온 것이다.

발에 수건을 하나씩 묶고 비닐봉지를 씌우니 꼭 우주 시대의 아기 신발을 신은 것처럼 괴상해 보이지만, 이런 상황에서는 어떤 몰골이든 상관없다.

나는 눈을 감고, 한 발 내딛을 때마다 몸서리치며 살금살금 피를 피해 둘러 간다.

카로 방의 문을 두드려 본다.

"카로?"

대답이 없다.

"들어가도 될까?"

내가 싫어하는 학교 선생님처럼 점잔 빼는 목소리다.

여전히 대꾸가 없다.

아주 훌륭해.

이게 나의 현주소다. 숙제를 하고 있어야 할 토요일 오후에 피는 물론이고, 심지어 시체와 마주할 가능성까지 맞닥뜨리다니.

나는 한숨을 쉬고 손톱을 세워 문을 민다.

카로가 팔꿈치를 감싸 안은 채 침대에 누워 천장을 보고 있다.

아이팟에서 요란한 북소리가 흘러나오기에 다가가서 카로의 귀에서 이어폰을 빼 본다.

"도로 끼워."

가냘프고 지친 목소리다.

"싫어. 네가 무슨 짓을 하고 있는지 말해 주면."

카로가 몸을 획 돌려 일어나 앉더니 내 발을 본다.

"강박증, 대체 뭘 신고 있는 거야?"

나는 들은 척도 안 한다.

"팔이나 보여 줘."

카로는 대답 대신 까만 윗도리의 긴소매를 끌어 내리고 팔을 더욱 꼭 감싼다. 장난꾸러기 고양이한테 시달려 반쯤 죽어 가는 각다귀처럼 보인다. 온통 꺾이고 구부러지고 앙상한 모습이.

"카로, 제발 팔 좀 보여 줘. 그래야 도와주지."

카로가 씁쓸한 듯 조그맣게 소리 내어 웃는다.

"강박증 네가? 넌 누굴 도울 만한 주제가 못 돼. 어젯밤에도 뜀뛰기를 백만 번쯤 하던걸."

"그래, 내가 왜 그러겠어? 손님방에 지옥에서 온 정신병자가 머무르고 있어서가 아닐까?"

"재밌는 손님이군! 다음에 또 찾아오면 꼭 소개해 줘."

나는 비닐봉지 신발을 바스락거리며 일어나서 문 쪽으로 뒤뚱뒤뚱 걸어간다.

문가에 도착하자마자 카로가 침대에서 다리를 획 내리며 말한다.

"알았어, 알았다고. 이리 와."

지금까지 카로가 한 말 가운데 가장 사과에 가까운 말이었기 때문에 나는 다시 돌아가 침대에 앉는다.

"여기."

카로가 소매를 걷자 부드럽고 하얀 팔 아래쪽을 가로질러 십자 모양으로 갓 생긴 상처들이 드러난다.

"어휴, 어지러워."

나는 무릎 사이에 고개를 처박는다.

피라면 끔찍하다.

고개를 들어 보니 카로는 웃을락 말락 하는 표정이다.

카로가 말한다.

"강박증, 너 때문에 깜짝 놀랐잖아. 이런 거나 칭칭 싸매고 다니고, 정말 걱정된다니까."

뭐라고?

"언제부터 네가 날 걱정했어?"

놀랍기 짝이 없다. 지금껏 카로가 한 그 어떤 행동과 말에서도 내 건강에 대한 걱정은 눈곱만큼도 찾아볼 수 없었다.

욕설과 침 뱉기와 으르렁거림을 걱정이라고 친다면 또 모를까.

카로가 수수께끼 같은 어조로 말한다.

"놀랍긴 하겠지."

다음 순간 카로의 얼굴이 식은땀으로 축축해지고 핼쑥해지자 나는 카로의 팔에서 흐르는 피부터 지혈해야 한다는 것을 깨닫는다. 발을 싸맸던 수건을 풀어서 몸서리치며 카로의 손목에 감아 준다. 그러고 나서 문을 잠근다. 아빠가 들어와서 점심이라도 달라고 하면 곤란하니까.

나는 카로의 피가 확실히 멎을 때까지 한 시간쯤 침대에 앉아 있는다.

이야기는 많이 나누지 않았는데, 그것은 카로가 마릴린 맨슨의 새 앨범을 틀었기 때문이다. 나는 애써 마음에 드는 척한다.

마침내 쿵쿵 울리듯 아픈 머리를 감싸 쥐고 내가 방을 나서려는데, 카로가 말한다.

"양부모님하고는 잘 지내기가 힘들어."

"통화할 때 보니 네 양어머니는 좋은 분 같던데."

카로의 창백한 얼굴을 보니 안됐다는 생각도 들지만, 머리카락이 축축한 쥐꼬리처럼 내 얼굴에 말라붙은 데다 이제 곧 아빠가 작업용 장갑을 벗고 축축한 치즈샌드위치를 먹으러 들어올 시간이라 빨리 가 봐야 한다.

카로가 다시 빈정거리듯 조그맣게 웃는다.

"그래, 좋은 분이지. 그게 문제야. 그 사람 옆에 있으면 나는 아주아주 사악해 보이거든."

설령 악마가 옆에 있다 해도 카로 너는 아주아주 사악해 보일 거라고 말해 주고 싶지만 꾹 참는다.

내가 묻는다.

"그래서 이제 뭐 할 거니?"

이제는 몸이 덜덜 떨린다.

카로가 말한다.

"글쎄, 되도록 오래 여기 있다가 사회 복지과에다 이야기할 거야. 나를 이해하지 못하는 또 다른 바보 한 쌍한테 던져질 수 있는지 알아봐야지."

내가 보기엔 가망 없을 것 같지만 아무 말도 하지 않는다. 화장실도 가고 싶고 춥고 배고파 죽을 지경이다. 게다가 뭐라고 대꾸해야 할지도 모르겠다.

카로에게 미안해하는 웃음을 지어 보인다.

"잘되길 바란다, 정말로. 아, 그런데 부탁 하나 들어주면 좋겠어. 저 피 묻은 수건들 좀 치워 줄래?"

그러고는 쏜살같이 방에서 튀어나온다.

우리 세 사람은 이렇다 할 입씨름 없이 함께 점심을 먹는다. 아빠가 카로의 팔을 흘낏 보고 왜 이 더운 한여름에 긴소매 옷을 입고 있는지 묻고 싶지만 참는 것이 눈에 보인다. 카로가 그 표정을 보고 아빠에게 햇빛 알레르기가 있다는 고리타분한 변명을 했는데, 어느 정도는 사실이다. 모든 악마 숭배자들이 그렇듯 카로도 우리들처럼 갈색으로 그을고 주름지기를 열망하기보다는 창백하고 흥미로우며 '방금 지하에서 나온' 혈색을 더 좋아한다.

다정한 침묵 속에서 치즈샌드위치를 먹은 뒤 나는 설거지를 하고 카로와 아빠는 60개비쯤 되는 담배를 말아 가며 죽은 록 스타들 이야기를 나눈다. (또다시.)

나는 2층에 올라간다. 메일을 확인하지 않으려 했지만 결국은 확인하고 만다. 알레산드로에게서는 여전히 아무 연락이 없지만 핏불테리어(영국의 불도그와 테리어를 교배해 만든 투견으로, 조용하고 차분한 성격이지만 한 번 물면 절대 놓지 않아 위험하다 : 옮긴이)를 키운다는 '다즈'라는 남자애한테서 메일이 와 있다. 그 메일은 완전히 무시할 수밖에 없는 것이 개와 고양이는 커다란 오염 경보이자 *세균* 경보이기 때문이다. 아, 마키한테서 짧은 답장이 와 있다.

나는 셰퍼즈부시(런던 서부 웨스트필드 지역 : 옮긴이)에 살아. 토요일에 만나면 어떨까? 물론 친구를 데려와.

당연히 친구를 데려가야지. 혼자서 낯선 미치광이를 만나러 가기 위해 내 바쁜 일상에서 짬을 낼 일은 없을 것이다. 어쨌거나 안전을 위해 다른 사람을 데리고 나가야 한다는 것이 마이소터스페이스닷컴의 정책이기도 하다.

프랜이 같이 가 준다고 할까?

중앙선 지하철역 밖에서 만나자는 답장을 번개처럼 보내고 나서 '바스의 여장부'에 관한 숙제를 계속한다. 며칠을 더 기다려야 한다는 것이 기쁜 일은 아니지만 어쩔 수 없이 받아들여야 한다고 체념하면서.

이제 아빠는 일주일 내내 새 학교에 나갈 테고, 결국 나 혼자 카로를 다루어야 한다. 프랜이 토요일에 온다면 프랜과 카로가 서로를 죽이지 않도록, 카로가 더 이상 자해하지 않고 뭔가 긍정적인 일에 정신을 팔도록 해야 한다.

어휴, 이런 걸 고민하는 게 내 인생이 되어 버렸다.

뜀뛰기도 계단 꼭대기에서 50번, 맨 아래 계단에서 50번 뛰는 것으로 늘어나고, 얼굴 닦는 횟수도 슬금슬금 다시 늘고 있다. 오늘 아침에도 양쪽 뺨을 50번씩이나 문지르고 머리는 22번도 더 빗었다.

나는 이렇게 읊조린다.

"젤라 그린의 형편없는 인생에서 또 하루가 시작된 것뿐이지, 뭐."

제12장

|||||||||||||||||||||||

월요일이 되자 아빠는 새벽같이 일어나 가장 좋은 구두를 반들반들 닦고 숨이 막힐 정도로 애프터셰이브 로션을 뿌려 댄다.

뮤즐리(곡식, 견과류, 말린 과일 등을 섞은 것 : 옮긴이)가 담긴 그릇을 백만 번쯤 휘저으며 계속 헛기침을 하고 시계를 확인한다.

아빠가 정확히 똑같이 길이를 맞추어 구두끈을 묶으면서 말한다.

"공주님, 네가 보기에도 내가 좀 긴장한 것 같지 않니?"

"전혀 모르겠는걸요, 아빠."

말은 이렇게 했지만 나의 풍자는 아빠한테 통하지 않는다. 아빠는 '풍자'를 즐기지 않는다. 아빠의 특기는 빈정거림보다는 불쌍하게 굴고, 상처받고, 가망 없이 우울에 빠지는 것이다.

아빠는 시리얼 그릇을 개수대에 던져 넣고 넥타이를 바로 잡는다.

"내 모습 어떠니?"

나는 '나의 선생님 아빠'를 머리부터 발끝까지 찬찬히 뜯어본다.

"나쁘지 않아요. 미소 짓는 거 잊지 마세요."

아빠가 억지로 활짝 웃어 보인다.

"헤더가 봤으면 자랑스러워했을 거예요. 엄마도요."

그 말에 아빠는 눈을 찡긋하고 내 머리를 헝클어뜨리는 시늉을 한다.

만세! 아빠의 희미한 옛 모습이 언뜻 스쳐 지나갔다.

나는 엄마가 했던 그대로 현관 계단에 서서 손을 흔들어 배웅한다. 어쩐지 으스스하다. 그러고 나서 아침 먹은 그릇들을 모두 치우고 메일을 확인한다.

토요일에 셰퍼즈부시의 지하철역 밖에서 기다리겠다는 마키의 답장이 와 있다.

그리고…… 알레산드로한테서도 답장이 와 있다!

아직 내 휴대폰에는 프랜의 번호가 단축 번호로 저장되어 있다.

프랜은 30분 안에 오겠단다.

카로가 일찍 일어나서 아침을 먹으러 내려와 있다. 놀랍기도 하고 두렵기도 하다.

카로는 콘플레이크를 그릇에 붓고 사과주스를 콸콸 따르며 말한다.

"오늘 아침 상황이 어떤지 봐야 할 것 같아서."

죄 없는 콘플레이크를 충격적으로 학대하는 것에 항의하려다가 마음을 고쳐먹는다. 오늘 아침 카로는 조금 창백하고 불행해 보인다. 손목 상처는 나아 가고 있다. 아니, 물어보면 대답은 그렇다.

어쨌거나 카로가 왜 이렇게 이른 시간에 자기 구덩이에서 힘들게 나왔는지 나는 너무도 잘 안다.

내가 휴대폰으로 통화하는 소리를 들은 게 틀림없다.

프랜을 감시하고 싶은 거다.

프랜은 여전히 시간을 잘 지킨다.

"안녕."

옅은 미소까지 짓고 있다. 예전에 나를 보고 활짝 웃던 것에 비하면 한심할 정도지만 이제 시작이다.

프랜이 따끈한 종이봉투를 내민다.

"크루아상이야. 깨끗한 화장지도 들어 있어."

감동이다.

"고마워. 어서 들어와. 우린 부엌에 있어."

'우리'라는 말에 프랜의 얼굴이 살짝 어두워진다.

프랜은 나를 따라 천천히 부엌으로 들어온다. 부엌에서는 카로가 담배를 말고 있다.

프랜이 상류층 여자애들이 파티 때 쓰는 목소리로 말한다.

"어머, 또 만나네."

"흐음."

카로의 대꾸다.

뭐랄까…… 실은 돼지가 툴툴거리는 소리에 더 가깝다.

두 사람이 묵묵히 부엌에 앉아 있는 사이, 나는 차를 끓이고 음식을 담을 접시를 꺼낸다.

카로는 크루아상을 보고 얼굴이 조금 밝아진다. 프랜이 나랑 두 개씩 나누어 먹으려고 가져왔는데, 카로가 봉투를 뒤져서 의기양양하게 가장 큰 것을 꺼낸다.

카로가 작고 뾰족한 이로 크루아상을 베어 물며 말한다.

"고마워, 패니."

프랜이 말한다.

"프랜이야. 내 이름은 프랜이라고."

카로가 말한다.

"아, 그래."

카로는 프랜의 분홍색 점퍼스커트와 하얀 캔버스화를 유심히 바라본다.

"하지만 넌 정말 패니 같아. 이런 말 해도 괜찮을지 모르겠지만."

프랜은 겨울잠에서 깨기도 전에 굴 밖으로 끌려 나온 고슴도치처럼 분노로 털을 곤두세운 채 눈을 깜박이고 있다.

"그럼 넌 꼭……."

프랜이 대거리를 하려는데 내가 때맞추어 식탁 위에 찻주전자를 탁 내려놓는다. 나는 크고 밝은 목소리로 말한다.

"차 마실래?"

프랜과 카로는 수고양이 두 마리처럼 서로를 살피고 있다.

금방이라도 서로 "우우." 하고 야유를 퍼부으며 털이 날아다닐 것 같다. 큰 상처가 남는 건 두말할 것도 없고. 분명히 중대한 *세균* 경보다. 내가 고양이들을 싫어하는 이유는 한두 가지가 아니다.

프랜이 말한다.

"마실게, 설탕 한 개도."

찻잔을 받아 든 프랜이 새끼손가락을 우아하게 치켜들고 홀짝홀짝 차를 마신다.

카로는 킬킬거리며 허공에 거대한 고리 모양으로 담배 연기를 뿜어낸다.

"오오오, 다과회라! 정말 멋져."

카로는 프랜의 목소리를 흉내 내고 있다.

"오이샌드위치도 드실래요?"

나는 깨끗하지 않은 줄 알지만 앉아 있던 의자 아랫면을 꽉 붙잡는다.

알다시피 프랜은 매우 상냥하고 우아하지만, 누군가 열 받게 하면 화가 나서 완전히 돌아 버릴 수도 있다는 걸 나는 잘 알고 있다.

나한테 설핏 미소 짓는 것을 보니 예의를 지키기 위해 무진 애쓰고 있는 게 분명하다.

프랜이 말한다.

"나 오늘 여기 얼마나 있어야 하니, 젤라?"

아하! 이게 프랜의 대처법이구나. 카로를 무시하는 것. 아예 존재하지 않는 사람처럼.

큰 실수다.

카로가 참을 수 없어 하는 게 한 가지 있다면 그건 바로 무시당하는 것이다.

카로는 이마에 '항상 모든 관심의 중심에 서리라' 하고 문신을 새기고 다니는 편이 나을 것이다.

"이봐."

카로가 자기 접시의 크루아상이 프랜 쪽으로 미끄러져 내려가도록 식탁을 기울이며 말한다.

"내가 말하고 있잖아. 내 말 안 들려, 이 계집애야?"

프랜이 코를 살짝 치들어 킁킁거린다.

"알았어, 젤라. 이거 먹고 나서 해야겠다."

프랜은 계속 카로를 무시한다.

나는 이제 숨을 멈추고 있다. 끔찍한 상황이다. 입안이 바짝 말라서 크루아상도 먹을 수가 없다.

프랜이 막 아침거리를 집어 들어 얌전히 한입 베어 물려고 했으나, 그냥 두고 볼 카로가 아니었다.

카로가 식탁을 더 높이 들어 올리자 카로의 크루아상이 프랜의 무릎으로 떨어지고 만다. 카로는 귀가 아플 정도로 식탁을 쾅 내려놓고 의자를 밀치며 벌떡 일어난다.

"넌 정말 재수 없는 년이야!"

카로는 고함을 지르며 문을 쾅 닫고 부엌에서 뛰쳐나간다.

색색의 냉장고 자석들이 바닥에 툭툭 떨어진다.

프랜은 접시를 집어 들고 분홍 스커트에 떨어진 기름진 잼과 크루아상 부스러기들을 주워서 식탁에 올려 둔다.

프랜이 크루아상의 덜 부스러진 부분을 먹으며 묻는다.

"넌 저런 걸 어떻게 참고 지내니?"

울거나 난리를 피우지 않는 차분한 태도가 감탄스럽기만 하다. 나라면 울거나 그랬을 텐데.

"실은 나도 모르겠어."

순간 마음이 착잡해진다. 내 마음의 큰 부분은 친구에게 그렇게 무례하게 군 카로를 찰싹 때려 주고 싶다. 아니, 어쩌면 옛 친구이지만.

하지만 또 한편으로는 카로의 마음을 알 것도 같다. 외롭고 정서적으로 불안정하고 불행하며, 프랜이 나를 데려가 버리면 자기는 마릴린 맨슨의 끔찍한 노래들과 축 늘어진 담배 주머니밖에 없는 자해의 섬에 홀로 남겨질 거라고 생각하는 마음도 잘 알고 있다.

나는 결국 이렇게 말한다.

"보기만큼 그렇게 못된 애는 아니야."

프랜은 말없이 눈썹만 추켜세우고는 이렇게 말한다.

"빨리 가자. 우린 할 일이 있잖아."

조금 전 프랜과 카로의 충돌로 나는 몹시 긴장하고 불안에 떨었다. 그래서 프랜이 화장실에 간 틈에 얼른 2층으로 올라가 의례 행위를 시작한다.

내 방 양탄자 위에서 50번 뜀뛰기를 하고 나서 옷장의 옷들이 정확히 4센티미터씩 떨어져 있는지 확인하기 위해 일일이 간격을 잰다.

프랜이 들어와 짜증스러운 눈총을 주어도 나는 그만두지

못한다.

"미안. 10분만 기다려 줘."

침대를 정리하고 책장의 책도 모두 반듯하게 꽂아 둔다.

그런 다음 아래층 세탁기에 빨래를 넣고 부엌 식탁을 치운다.

그 모든 일을 끝낸 뒤에야 나는 방으로 돌아갈 수 있었다.

하지만 그것은 결과적으로 아주 끔찍한 실수였다.

카로가 내 방까지 프랜을 따라가 더러운 신발을 내 하얀 이불 위에 턱 올린 채 침대에 앉아 있다.

프랜은 카로에게 등을 돌린 채 내 책상에 앉아 있다. 나무 판처럼 딱딱하게 굳은 프랜의 등이 카로와 한방에 있는 것이 싫다고 웅변하고 있다.

내가 말한다.

"카로, 다른 할 일 없어? 그림 그리기? 담배 피우기? 거리의 낯선 사람들한테 욕하기?"

나는 슬쩍 프랜 쪽을 가리키며 격려하는 표정들을 지어 보이지만, 카로는 내 말뜻을 알아차리지 못한다. 일부러.

카로가 말한다.

"강박증, 날 쫓아내는 거야? 아이고, 이거 맘 아픈걸."

나는 요란하게 한숨을 내쉰다.

"이건 개인적인 일이야. 30분 안에 내려갈게. 약속해."

카로의 얼굴에 사악한 빛이 번뜩인다.

"오오, 틀림없이 남자애 문제겠지. 이봐, 패니! 남자 친구 있어? 넌 남자애들 애태우는 거 좋아한다고 들었는데."

프랜은 더 이상의 대화를 용납하지 않겠다는 듯 낮고 덤덤한 목소리로 대꾸한다.

"난 남자 친구 사귈 시간 없어."

"남자 친구가 없어?"

카로가 프랜의 갑옷에서 발견한 틈 하나에 눈을 번뜩이며 말한다.

"왜 없어? 다른 쪽에 끌리는 거야? 혹시 이 강박증이랑 비슷한 거 아냐? 남자애들이란 세균을 옮기는 공간 낭비자일 뿐이다, 이러면서. 혹시 솔이라면 몰라도."

나는 카로의 머리 위로 후려치는 시늉을 한다.

"야! 그럴 것까진 없잖아!"

카로가 옛 단짝에게 실패한 내 애정사에 대해 흘리는 것이 싫다.

프랜의 등은 더욱 뻣뻣해진다. 프랜은 아직 켜지지도 않은 헤더의 노트북 화면을 읽는 척한다.

카로가 기세를 올린다.

"아이, 착해라, 가엾은 패니는 남자 친구가 없구나! 어쩌면 남자애들은 패니의 완벽한 분홍색 옷들과 사랑스럽게 땋은 머리를 안 좋아하는지도 모르지. 어쩌면 나 같은 진짜 여자를 더 좋아할지도 모르고. 아니면 불감증인가? 바로 그거야! 불감증 패니!"

카로는 앙상한 얼굴로 만족한 듯 히죽거리며 내 침대에 드러누워 있다. 책꽂이 가장자리를 펜으로 툭툭 두드리며 귀에 거슬리는 가락을 혼자 흥얼거린다.

프랜이 시뻘게진 얼굴로 휙 돌아서서 특유의 눈길로 한껏 노려보며 말한다.

"아래층으로 내려가 죽도록 담배나 피우지그래?"

카로의 표정이 미친 크리스마스트리처럼 환해진다.

귀에 거슬리는 짧은 가락을 되풀이해서 흥얼거리며 펜 하나를 더 가져다가 동시에 두 개를 두드린다.

내 눈에 보이는 것은 카로의 신발 밑창에 대롱거리는 풀과 엉긴 더러운 흙덩어리뿐이다.

금방이라도 그 덩어리가 내 침대로 떨어질 것 같다.

중대한 오염 경보다.

프랜이 의자에서 일어나 카로에게 다가간다.

"그래, 바로 그거야. 젤라 방에서 꺼져. 지금 당장."

카로는 덜덜 떠는 시늉을 한다. 얼굴에서 웃음기가 아주 조금 가신 것이 내 눈에는 보인다.

프랜이 말한다.

"농담 아니야."

프랜의 귀에서 진짜로 김이 뿜어져 나올 것만 같아 나는 슬쩍 피한다.

프랜이 침대 위로 몸을 숙이자 카로가 겁에 질려 꺅 비명을 지르는 척한다. 하지만 사실 카로는 평상시와 다른 자기 모습을 즐기고 있는 것뿐이다. 이제 이런 상황에 넌더리가 난다.

"됐어, 카로. 아래층으로 내려가. 당장. 그 이불 커버도 가지고 가 줘. 90도로 삶아 빤 다음 섬유 유연제로 헹굴 거야. 그러고는 빨랫줄에 널어야지. 지저분한 나무못이 아니라 파란 플라스틱 못에 쳐 놓은 빨랫줄에다. 알았어?"

우아! 내가 말해 놓고도 꼭 우리 선생님이 말하는 것 같다.

카로는 무례한 미소를 거두지 않은 채 다리를 휙 돌려 침대에서 일어난다. 나의 절망적인 외침도 못 들은 척하고 툴툴대고 욕하면서 커버도 벗기지 않은 채 이불을 그대로 질질 끌고 복도로 나가 버린다.

퀴퀴한 담배 냄새가 허공에 머물러 있다.

나는 반들반들 닦아 놓은 격자 창문을 열어젖혀 신선한 공기를 들인다.

프랜은 외투를 벗고 안도의 한숨을 내쉰다.

프랜이 말한다.

"어떻게 저런 애랑 같이 사니? 대체 왜 참고 사는 건데?"

나도 한숨을 쉰다.

"좀 복잡해. 포레스트 힐에 있을 때 나를 좀 도와주었다고 할까. 그리고 우리 아빠는 쟤가 다시 태어난 천사라고 생각해."

프랜은 믿을 수 없다는 표정이지만 심술궂은 말을 용케 삼키고 넘어간다.

나는 아래층으로 내려가 냉장고에서 콜라 캔 두 개를 꺼내 온 다음, 마키가 보낸 메일과 사진을 보여 준다.

프랜이 말한다.

"와, 젤라, 이름은 참 바보 같지만 멋지다! 네 맘에 안 들면 내가 만나도 돼?"

프랜은 진심이다. 짜증스러운 것은 내가 프랜을 데려가면 이 마키라는 애는 프랜의 아름답고 긴 갈색 머리와 주근깨 있는 얼굴을 본 순간 한눈에 홀딱 반해서 나 같은 것은 영원히 안중에도 없을 거라는 사실이다.

알레산드로가 최근에 보낸 메일을 열어 본다.

이런 내용이다.

젤라에게

미안, 네 이름이 이상하다고 한 말에 기분 상하지 않았으면 좋겠어. 나는 그 이름이 뭐랄까, 마음에 들어서 그런 것뿐이야. 우리 아빠 이야기를 하다니 대단해, 박수! 아빠는 지금 감옥에서 잘 지내고 있어. 크리스라는 감방 동료가 있는데, 몸무게가 한 600킬로쯤 되고 왼팔에 뱀 문신을 15마리나 그렸대. 그래서 아무도 아빠랑 크리스를 건드리지 않는다네. 다행인 게 우리 아빠는 무척이나 몸집이 작거든. 주말에는 뭐 하니? 나는 일주일 동안 휴가를 다녀올 건데, 갔다 와서 만날 수 있을까? 네 소개를 보니까 웨스트런던에 살더라. 나는 이스트런던에 살지만 지하철을 타면 돼. 다른 사람을 데려오는 건 이해해. 내 말은, 혹시 모르니까 말이야. 하지만 난 나쁜 사람은 아니야. 나는 그냥 나야. 알레산드로. Kiss~.

"키스를 보냈어! 키스를 보냈어!"

프랜이 미친 듯이 깍깍거린다.

"어, 딱 한 번뿐이잖아."

말은 이렇지만 나도 속으로는 무척 기쁘고 흥분된다.

프랜과 카로가 서로 죽일 듯이 으르렁대는 걸 막은 데다가 알레산드로가 메일에 보낸 키스를 받았다.

드디어 내게도 좋은 날이 오는지도 모르겠다.

제13장

〃〃〃〃〃〃〃〃〃〃〃〃〃〃

토요일 아침, 마키를 만나러 가는 데 프랜도 따라가기로 했다. 프랜은 그저 마키한테 추파를 던지거나 꾀어내고 싶은 마음에 따라나선 것 같지만, 지금 당장 친구들이 넘쳐 나는 것도 아닌 처지를 생각하면 부탁할 사람은 프랜밖에 없다.

내가 낯선 남자애를 만나러 가는 줄 알면 아빠가 미친 듯이 화낼 게 뻔하다. 그래서 프랜에게 비밀로 하라고 맹세시키고, 카로에게도 비명횡사의 고통을 걸고 말하지 않을 것을 약속받았다.

프랜이 토요일 아침에 오기로 약속하고 우리 집을 나선다. 집에는 온종일 나와 무슨 일을 할 거라고 둘러대기로 했다. 그리고 4시 반쯤 아빠가 집에 온다.

카로는 2층에서 헤더의 노트북으로 자기 아이팟에 고스

음악(1980년대에 유행한 록 음악의 한 형태. 가사가 주로 세상의 종말, 죽음, 악에 대한 내용을 담고 있다 : 옮긴이)을 다운로드하고 있다.

나는 부엌 식탁에 앉아 마지막 남은 커스터드크림을 가지고 의례 행위를 하고 있다. 커스터드크림을 똑같은 크기로 깍둑썰기해서 접시 가장자리에 4센티미터 간격으로 늘어놓는 것이다.

이것을 본 아빠가 말한다.

"이런! 오늘 힘들었구나, 공주님?"

아빠는 부엌 구석에 서류 가방을 던져 놓고 의자를 꺼내 앉는다.

아빠의 눈자위가 조금 빨갛고 뺨은 상기되어 있고 뭔가 희미한 냄새가 풍긴다. 휘발유? 애프터셰이브 로션?

오, 아니, 그건 김빠진 맥주 냄새다.

갑자기 온 세상의 무게가 내 어깨를 짓누르는 것 같다.

"아빠, 아빠, 학교에서 돌아오는 길에 술집에 들르지 않았죠? 그렇죠?"

아빠가 항복하듯 두 손을 든다. 아빠의 넥타이는 더없이 선생님답지 않은 모습으로 목에 느슨하게 매달려 있다.

아빠가 말한다.

"그래, 잠깐 한잔하러 갔어. 하지만 그건 다시 제대로 된

직업을 갖게 된 첫날을 축하하기 위해서였을 뿐이야. 새 직장에서는 아주 잘 지냈단다."

그 말에 기운이 조금 난다. 아빠는 얼굴이 상기된 채 정말로 명랑해 보인다.

내가 묻는다.

"다른 선생님들은 어땠어요?"

아빠가 일어나서 찻주전자를 딸각 켠다.

"좋아. 그럼. 정말로 다들 좋아. 그곳이 맘에 들 것 같아."

음, 이런 혼란스러운 날에도 뭔가 좋은 결과가 나왔다. 아빠가 드디어 마음을 잡은 것 같다.

나는 커스터드크림을 더 작게 조각조각 나눈다.

그런 다음 얼굴을 박박 닦으러 2층으로 올라간다.

제14장

iiiiiiiiiiiiiiiiiii

의례 행위가 점점 심해지고 있다.

포레스트 힐에 있을 때는 변기와 세면기에 닿는 것에 대한 두려움은 어느 정도 극복했었다. 하지만 지금은 모든 것이 제자리로 돌아가 버린 것 같다.

방금 전에 복지 센터에서 스텔라를 만나 상담을 받았다.

솔직히 말하자면 스텔라는 내 상황에 대해 별로 흐뭇해하지 않았다. 하얀 가운을 입고 하얀 신발을 신은 스텔라의 모습은 변함없이 청결해 보였다.

스텔라는 평소만큼 많이 웃지 않았다. 집에서 일어나는 일에 대한 내 이야기를 들으면서 계속 얼굴을 찌푸렸다.

스텔라가 말했다.

"그러니까 너는 모든 것을 통제하려고 무척 노력하고 있구나?"

그것은 사실 질문이 아니라 나의 끔찍한 생활을 요약한 것에 더 가깝다.

스텔라가 한순간 입술을 깨물자 나는 무척 걱정이 된다. 아빠가 학교에서 돌아오는 길에 술집에 갔고 내가 청소하는 것을 통 도와주지 않는다는 사실을 사회 복지과에 알릴까 말까 고민하는 것 같다.

사회 복지과에 연락이 가면 그 사람들이 나를 집에서 데리고 나와 양부모에게 맡길지도 모른다. 카로처럼. 카로가 어떻게 되었는지 보라.

"그냥 잠깐 그러는 것뿐이에요."

나는 애써 웃으며 말했다.

"2, 3주만 있으면 헤더도 돌아오고, 그러면 저는 늘 하던 대로 학교생활을 잘해 나갈 수 있을 거예요."

스텔라가 말했다.

"흠. 문제는 말이야, 너희 집에서 일어나는 일들 가운데 그 어떤 것도 실은 네 책임이 아니라는 거야. 네 의례 행위들이 점점 심해지고 있는 것도 전혀 놀랍지 않구나."

그 뒤로도 얼마간 스텔라는 미심쩍은 표정을 풀지 않았다. 집에서 벌어지는 모든 일이 곧 다시 정상으로 돌아갈 거라고 (하!) 무지 설득한 끝에 스텔라는 상황이 너무 심해지면 전화하라는 조건을 걸고 나를 집에 보내 주었다.

과연 내가 그렇게 할까? 그렇게 하느니 차라리 사회 복지과에 직접 전화를 걸어서 내 발로 집 없는 위탁 청소년이라고 나서는 편이 더 나을 것이다.

"괜찮아요. 괜찮아질 거예요."

나는 이렇게 말하며 치료 센터에서 나와 버스를 타러 뛰어갔다.

비가 주룩주룩 내리는 끔찍한 날씨 속에서 토요일 아침이 밝아 온다.

멋지다. 가장 좋아하는 은색 샌들을 신고 나갈 생각이었는데, 비가 오니 온 동네에 괴상한 쩍쩍 소리가 울릴까 봐 그러지도 못하게 되었다.

나는 욕실에 들어가 외출을 준비하기 전 의례 행위를 시작한다.

차가운 금속과 따뜻한 내 손 사이에 화장지를 끼우고 수도꼭지를 돌린다.

변기 위에도 종이 한 장을 깔고 앉는다.

혹시 손 씻는 것을 잊어버리면 손톱 솔과 하얀 비누로 양손을 30번씩 더 씻어야만 한다.

비누는 오래되어 끈적거리는 갈색 비누가 아니라 새로 산 깨끗한 것이어야 한다.

지난 몇 주 동안 내 용돈은 (아빠가 잊지 않고 주었을 때) 셀로판 포장지에 싸인 비누들을 사는 데 몽땅 들어갔다.

다른 아이들은 극장에 가거나 공원에 드러누워 아이스크림을 먹거나 친구들과 옷 가게를 돌아다니거나 디즈니랜드에 가거나 공연을 보러 기차를 타고 런던으로 올라간다.

그렇다면 나는?

나는 살이 조금이라도 닿을까 봐 전전긍긍하며 변기에 앉아 있고, 낯선 남자애와 데이트하는 것을 걱정하고 있다. 그 남자애는 알고 보면 징그러운 늙은이일지도 모른다. 예전 단짝 친구는 바보 같은 짓을 했다며 나를 한심하게 여기고, 자기를 싫어라 하는 카로를 싫어하고, 아빠를 괴짜로 여길지도 모른다. 아빠가 새로 얻은 직장에서 잘 지내는지 어떤지도 잘 모르겠고, 솔은 이 넓디넓은 세상 어딘가에 있을 텐데, 알레산드로한테는 어떻게 해야 할지 통 모르겠고……, 그리고…….

"강박증!"

카로가 욕실 문을 두드리고 있다. 또 시작이군.

내가 소리친다.

"또 피를 흘렸다는 말은 제발 하지 말아 줘. 그랬다면 그냥 그 속에서 허우적거려. 나는 준비가 끝날 때까지 나가지 않을 거니까."

카로가 소리친다.

"네 친구 패니가 왔어!"

프랜이 거의 한 시간이나 일찍 온 거다.

잘됐네.

"차나 좀 타 줘. 그리고 제발 잘해 줘."

사악하게 낄낄대는 카로의 웃음소리에 내 가슴은 (아주 깨끗한) 화장실 변기 바닥을 향해 더 깊숙이 가라앉는다.

대체 어쩌다 이런 상황에 빠진 걸까?

하얗고 깨끗한 수건으로 닦은 뒤 욕실 매트 위에서 50번 뛴다.

얼굴을 다 씻고 머리를 빗고 이를 닦는 동안 카로가 두 번이나 올라와서 투덜거린다.

카로가 욕실 문틈으로 우우 야유를 보낸다.

"이런, 강박증, 그 빌어먹을 의례 행위 좀 미룰 수 없어? 난 불감증 패니랑 아래층에 갇혀 꼼짝 못 하고 있다고."

나도 똑같은 투로 대꾸한다.

"조금만 더 기다리라니까."

왼손으로 이 닦는 것을 마쳐야 한다. 왜냐고 묻지 마라. 이미 오른손으로 이를 닦았지만, 어쨌거나 나의 뇌는 왼손으로도 이를 닦아야만 의례가 다 끝나는 거라고 말하고 있다.

젤라 그린의 인생에서 또 하나의 기이한 의례 행위가 시작된 것이다.

아래층으로 내려간 나는 카로한테 돈을 쥐여 주며 2층으로 따라오지 말아 달라고 당부한다.

그런 다음 나와 프랜은 옷장에 있는 옷을 몽땅 침대 위에 벌여 놓는다. 프랜이 반지르르한 갈색 이마를 살짝 찡그린 채 옷을 샅샅이 뒤지기 시작한다.

"젤라, 아무래도 옷장을 새롭게 바꿔야 할 것 같아."

나는 그 정도 모욕은 못 들은 척 넘기면서 프랜이 치렁치렁한 빨간색 긴치마를 내 앞에 대보고, 그 치마에 하얀 민소매 옷을 짝 지어 보는 것을 허락하고 있다.

프랜이 말한다.

"그래, 괜찮다. 여성스러우면서도 편안해 보여."

죄책감으로 가슴이 요동친다. 그 치마는 아빠가 작년에 사 준 것으로 내가 가장 좋아하는 옷인데, 바로 그 옷을 입고 아빠한테 거짓말을 하게 됐으니까.

아빠는 프랜이랑 영화 보고 피자를 먹을 거란 말에 조금 미심쩍은 표정이었다.

"너희 둘이 다시 친해진 것 같구나. 몇 주 전에 크게 다투고 헤어지지 않았니? 젤라, 너는 다시 프랜을 보느니 차라리 물을 안 내린 변기에 손을 넣겠다고 하지 않았어?"

나는 당황해서 얼굴이 시뻘게진다.

아빠는 말주변이 너무 없다.

프랜이 즉각 복수한다. 아빠의 눈을 똑바로 바라보며 (정말 대단한 거짓말쟁이다.) 이렇게 말한다.

"그랬죠. 하지만 제가 젤라를 용서했어요. 어쨌거나 젤라는 참고 받아 주어야 할 게 많은 아이거든요."

이렇게 말하는 프랜을 죽이고 싶은 심정이다.

나를 용서해?

의례 행위들이 불편했다고 털어놓은 것은 내가 아니었다.

학교에서 다들 나를 괴짜로 여긴다는 말도 내가 한 것이 아니다.

하지만 아빠가 그 거짓말을 그대로 믿는 것 같아서 나도 입을 다물고 아무 말도 하지 않는다.

프랜이 나를 거울 앞에 앉히고 휴대용 세팅기를 전원에 꽂는다. 그러고는 부스스한 검은 머리카락을 반지르르하고 덜 억세게 보이도록 펴 주며 말한다.

"됐어."

거울에 비친 프랜의 모습이 눈에 들어온다. 프랜은 집중하느라 입술을 깨문 채 나의 검은 머리카락을 잘 어루만져 차분하게 펴 주고 있다.

내가 말한다.

"프랜, 왜 나한테 이렇게 해 주는 거야? 내 말은…… 포레스트 힐에서 너는 내 의례 행위며 모든 것에 대해 어떻게 생각하는지 분명히 말했잖아."

프랜은 꼼꼼하게 머리카락을 펴는 작업을 계속한다.

한순간 프랜의 눈이 거울 속 내 눈과 마주친다.

머리 손질이 끝나자 프랜이 세팅기의 플러그를 뺀다. 그리고 매끈해진 내 머리카락을 빗질하면서 말한다.

"음, 사실 뭐랄까…… 네가 그리웠어. 조금은."

우리 둘 다 붉은 포도처럼 시뻘게지고, 프랜은 돌아서서 나의 샌들들을 정리하기 시작한다.

"나도 네가 그리웠어."

나는 립글로스를 바르느라 바쁜 척하며 툭 고백한다.

"사실 너를 위해 새로운 단어를 찾아냈어."

예전에 우리가 친구였을 때 나는 늘 프랜을 위해 '오늘의 단어'를 만들어 냈었다.

옷장 앞에 있던 프랜이 돌아본다.

"응? 뭔데?"

"르네상스. 네가 다양한 창조적인 활동들을 잘한다는 뜻이야."

우리는 조심스럽게 미소를 주고받는다.

그것이 시작이다.

준비를 마치자 지하철 타러 갈 시간이 거의 다 되었다.

나는 거울 앞에 서 있다.

"나쁘진 않군."

내가 말한다. 사실 꽤나 예뻐 보인다.

하얀 민소매와 빨간색 긴치마, 갈색 부츠 차림이고, 프랜이 빌려준 끝이 너덜거리는 청 재킷을 걸치고 있다.

기다란 빨간색 귀고리를 걸고 반지르르한 머리카락에 윤기를 주는 깨끗한 새 스프레이를 뿌린다.

프랜이 나직하게 말한다.

"정말 예쁘다, 젤라."

나는 웃어 보이기는 하지만 불그죽죽한 뺨 때문에 조금 걱정이 된다.

얼굴을 박박 닦지 말걸. 후회가 된다. 나로서도 어쩔 수 없는 일이었지만.

나는 말한다.

"고마워."

우리는 아빠와 카로에게 다녀오겠다고 큰 소리로 인사하고 버스 정류장으로 간다.

이 마키라는 남자애가 제발 실망을 안겨 주지 않기를.

제15장

||||||||||||||||||

프랜이 말한다.

"안 오려나 봐."

중앙선 지하철역 밖에서 반짝거리는 프랜의 분홍색 우산을 쓰고 15분쯤 기다리고 있는데 마키는 코빼기도 보이지 않는다.

나는 멍하니 말한다.

"으응?"

나도 모르게 솔과 다시 만나는 슬픈 꿈을 꾸고 있었다.

솔.

찌푸린 얼굴과 올리브빛 피부의 내 첫사랑.

어쨌거나 지금은 너무 멀리 있다. 인생은 무척 길고 언젠가 다른 남자 친구가 생길지도 모른다는 사실을 나는 새삼 깨닫는다.

그래도 솔이 그립다. 솔은 나를 작은 여자애처럼, 강박증이 없는 아주 정상인 사람처럼 느끼게 해 주었다. 고작 몇 주 동안 알고 지낸 사람을 어찌 이다지도 그리워할 수 있을까?

빗방울이 발등으로 떨어지고 청 재킷 소매가 축축이 젖어 든다.

지하철역에서 줄지어 나온 사람들이 외투로 몸을 감싼 채 우산 아래 옹송그리고 모여 있다.

진짜 여름 같지 않은 날씨다.

프랜에게 말한다.

"그냥 집에 가자. 이름 끝에 바보 같은 '이' 자가 붙은 녀석이 나타나기를 기다리느니 카로가 자기 팔을 칼로 써는 걸 구경하는 게 더 나을 것 같아. 사진도 자기 사진이 아닌 게 분명해."

내 뒤에서 헛기침하고 웅얼거리는 소리 같은 게 들려서 돌아보니 키가 훤칠하게 크고 잘생긴 금발 머리 남자애가 프랜을 내려다보며 서 있는 게 아닌가.

그 애가 인사한다.

"젤라? 안녕! 난 마키야."

이 빼어난 아름다움의 화신을 올려다보는 프랜의 얼굴에 미소가 번져 나간다.

내가 말한다.

"걔는 젤라가 아니야. 내가 젤라야. 실망한 표정은 굳이 숨기지 않아도 괜찮아."

마키는 매너가 환상적이다.

프랜에게서 눈을 돌려 나에게 손을 내민다.

이크! 중대한 *세균 경보*다.

늘 그렇듯 프랜이 도와준다.

"얘는 악수를 하지 않아. 강박증이 있거든."

잘했어, 프랜. 아예 우리가 서 있는 자리 한가운데 불붙은 대형 폭탄을 던지지그래?

아주 조금 옅어지긴 했지만 마키는 여전히 미소를 머금고 나를 내려다본다.

"강…… 뭐라고? 미안. 잘 못 알아들었어."

그 순간 나는 하고 싶은 말이 너무도 많다.

이렇게 말하고 싶다.

"그건 내 인생이 쓰레기라는 뜻이야. 우리 아빠도 안을 수 없다는 뜻이야. 내가 우리 엄마 다음으로 좋아하는 헤더도 나한테 직접 키스를 못 하고 허공에 키스해야 한다는 뜻이야. 내 엉덩이가 세균덩어리 방석에 닿기 전에 의자에 종이를 깔고 앉아야 한다는 뜻이야. 병원 상담소에서 많은 시간을 보낸다는 뜻이야. 여차여차해서 도싯에 있는 이상한 집에서 지내게 되었는데, 거기서 정말로 좋아하는 녀석을 만났지만 녀석은 온데간데없이 사라지고 말았지." 하고 말이다.

물론 그런 말들을 차마 입 밖에 내지는 못한다. 마키는 여전히 푸른 눈에 어리둥절한 표정을 담고 나를 바라보고 있고, 프랜은 매끄러운 뺨에 희미한 홍조를 띤 채 마키를 뚫어져라 쳐다보고 있다.

내가 말한다.

"프랜, 같이 와 줘서 고마워. 이제 괜찮아. 나중에 문자할게. 알았지?"

프랜은 마키에게 마지막으로 아쉬운 눈길을 주고는 버스 정류장으로 돌아간다.

내가 말한다.

"케밥 먹을래?"

케밥을 좋아하지 않지만 주변에 열다섯 곳쯤 되는 케밥 가게들이 죽 늘어서 있었던 것이다. 나는 그저 이 끔찍한 순간을 빨리 끝내고 집으로 가서 아빠와 카로와 함께 '즐겁게 있고' 싶은 마음뿐이다.

마키가 우리 머리 위에서 끽끽 흔들리는 간판을 힐끗 쳐다본다.

간판에는 빛바랜 큼직한 갈색 케밥 그림이 그려져 있고, 간판 앞면에 비둘기 똥이 길게 튀어 있다.

'알리네 케밥집'이라는 가게 이름과 함께 '기다리면서 따끈하고 맛있는 음식을 맛보세요.'라고 쓰여 있다.

음식이 나오지도 않았는데 어떻게 먹을 수 있다는 건지 이해가 안 되지만, 어쨌거나 나의 말도 안 되는 삶에서 헷갈리는 게 어디 그것 하나뿐이랴.

마키가 문을 열어 주며 말한다.

"좋은데."

동물 내장 냄새가 밴 느끼하고 후끈한 공기가 훅 덮치며 우리를 가게 안으로 빨아들인다.

우리는 구석에 앉았는데, 옆자리에서 가죽조끼를 입은 늙은 대머리 사내 둘이 커다란 유리 사발에 달린 구불구불한 빨간 대롱으로 뭔가 미심쩍은 것을 피우고 있다.

"셰퍼즈부시 지역은 텔레비전에 나오는 사람들과 유행하는 옷 가게들로 가득한 줄 알았는데……."

나도 모르게 이런 말이 나와 버린다.

마키가 말한다.

"이쪽은 안 그래. 내가 사는 곳은 반대쪽이야. 네가 여기서 만나자고 해서 이리로 온 것뿐이야."

그렇군.

시들시들한 양상추와 물기가 덜 빠진 토마토 조각들과 축축한 피타빵(지중해나 중동 지방에서 먹던 둥글넓적한 빵으로 속을 갈라 샌드위치를 만들어 먹기도 한다 : 옮긴이)으로 만든 끈적끈적한 케밥이 나오자, 마키가 입을 연다.

"그 강 뭐라던가, 그게 뭔지 말해 줘."

나는 그 끔찍한 음식을 집어 들기 위해, 대답을 생각해 낼 몇 초의 여유를 벌기 위해 손에 화장지를 감는다.

어떻게 말해야 할지 모르겠다. 내 앞에 있는 얼굴은, 박박 문지르고 펄쩍펄쩍 뛰고 피와 횟수 세기, 기름기 공포증과 모닥불만 보면 몸을 움츠리는 것을 이해할 것 같지가 않다.

그 얼굴은 테니스와 수영과 요트 타기와 승마 같은 건강한 야외 활동과 어울린다.

마키는 진짜 잘생겼다. 사실 너무 잘생겨서 현실 속 사람 같지가 않다.

그 애를 빤히 바라보아도 아무것도 느껴지지 않는다. 아무것도. 음…… 피부가 워낙 좋아서 무슨 화장품을 쓰는지 조금 궁금하기는 하다. 하지만 그것 말고는 아무것도 없다.

나는 맛없는 음식을 깨작거리다가 마키의 눈을 똑바로 바라본다.

"그건 통제에 관한 문제랄까? 어떤 일을 하지 않으면 나쁜 일이 일어날지도 모른다는 생각이 들어."

"어떤 일들?"

마키가 검붉은 멧돼지 피처럼 보이는 것을 케밥에 찍 짜 넣고는 햇볕에 그은 얼굴에 짜증스러운 표정을 지으며 먹어 치운다.

내가 말한다.

"음, 박박 닦는 것이 그중 하나야. 나는 아침저녁으로 양쪽 뺨을 31번씩 닦고 스트레스를 받으면 중간에도 그렇게 해."

"그렇구나……."

마키는 차분하고 정중한 태도로 대답했지만, 상류층 특유의 말투에 미심쩍은 기색이 언뜻 배어난다.

"강박 상태랑 비슷하구나?"

이제 이야기가 제대로 나아가고 있다.

"그래. 강박 장애라는 거야."

그 말을 듣는 순간 마키의 얼굴이 크리스마스를 맞은 옥스퍼드가처럼 환하게 밝아진다.

"와, 데이비드 베컴도 그거야!"

마키는 자신의 축구 영웅이 케밥 가게 구석에 숨어서 냄새나는 죽은 고기를 깔끔하게 조각조각 자르고 있을지도 모른다는 기대라도 하듯 화들짝 놀라 주위를 둘러본다.

마키는 빨간 케첩이 튀어서 내 접시 옆에 떨어진 것도 모르고 힘차게 케밥을 먹어 치우며 말한다.

"근사하다, 젤라!"

내가 말한다.

"그것 좀 닦아 줄 수 있겠어? 안 그러면 다른 탁자로 옮겨야 돼. 이것도 강박증 증세야. 나는 더러운 게 싫어."

"물론이지."

마키는 몸을 기울여 화장지로 그 불쾌한 케첩을 닦아서 가게 가운데쯤에 놓여 있는 쓰레기통에 던져 넣는다.

"골인!" 하고 소리친다.

진짜, 좀!

마키가 계속 말한다.

"그럼 혹시 라벨에도 강박이 있니? 데이비드 베컴은 찬장에 있는 통조림들을 라벨이 똑같이 보이도록 줄지어 세워 놓아야 직성이 풀린다고 하거든."

"아니, 난 그렇게 심하진 않아."

나도 모르게 이렇게 대답해 버렸지만, 사실 나는 그 못지않게 심하다. 정리된 내 옷장을 슬쩍 보기만 해도 알 수 있을 것이다.

하지만 요즘에는 우리 집 찬장의 통조림들을 한 줄로 세워 놓지는 않는다. 그렇게 하고 싶어도 할 수가 없다.

아빠는 식료품을 사는 법이 없어서 우리 집 찬장에 있는 거라고는 오래된 컵라면과 케케묵은 오렌지색 고형 육수들과 역겨운 똥 냄새가 나는 고기 국물 알갱이가 든 병뿐이다.

어쨌거나 *세균* 경보에 대한 두려움 때문에 손도 대지 못하니, 통조림 라벨이 모두 앞쪽을 향하도록 정리할 일은 결코 없을 것이다.

케밥을 다 먹은 마키가 새삼 강렬한 흥미를 느낀 듯 나를 뚫어지게 바라본다.

탁자 아래서 손목시계를 보려고 했지만 가게가 너무 어둡고 비좁다. 보이는 거라고는 하얀 테니스용 반바지와 선명한 대비를 이루는 마키의 깡마른 갈색 다리뿐이다.

마키는 둥근 유리 천장 아래 심은 희귀한 온실 식물이라도 보듯이 나를 바라보고 있다.

그 눈길에 나는 안절부절못하고 꼼지락거린다.

이 남자애하고는 사귀고 싶지 않다. 데이비드 베컴과 똑같은 병을 앓고 있는 사람을 안다고 모든 친구들에게 자랑할 게 뻔하다.

나를 있는 그대로 사랑해 줄 사람이 있었으면 좋겠다. 솔이 그랬던 것처럼. 나를 사랑하지 않았다 해도 정말로, 정말로 나를 좋아하기는 했다.

아빠와 아빠의 텃밭이 있는 집에 가고 싶다.

카로가 있어도 좋다. 맙소사.

적어도 카로는 강박증이든 뭐든 나를 있는 그대로 받아들인다.

마키는 과시하듯 케밥값을 내면서 가게 주인과 호탕하게 웃고 있다.

"고마워, 맛있었어."

거짓말이다. 아까 먹은 역한 양고기가 도로 넘어올 것만 같다.

"그럼…… 즐거운 데이트였어."

나는 이렇게 덧붙이고 서둘러 문밖으로 나가 버린다.

내가 버스 정류장으로 달아나자 마키가 숨을 헐떡이며 따라온다.

"또 만나고 싶지 않아?"

그 말로 미루어 보아 마키는 여자애들에게 거절당하는 데 익숙지 않은 것 같다.

"내 친구 프랜이라면 분명 널 좋아할 거야. 하지만 나랑은 함께할 수 없을 것 같아."

"그럼 버스가 올 때까지 기다려 줄게."

마키는 마지막까지 멋지게 군다.

마키의 눈을 피해 나는 눈알을 굴린다.

굳이 버스를 같이 기다려 줄 것까진 없는데.

나는 전혀 악의 없이 묻는다.

"마키, 왜 이름 끝에 '이' 자가 붙은 거야?"

마키가 웃음 짓는다.

"그냥 애칭이야. 어렸을 때 엄마가 마키라고 부르곤 했어. 그러다가 굳어진 거지."

내가 말한다.

"저기, 내 말 듣고 기분 나쁘지 않았으면 좋겠어. 나는 그 '이' 자가 붙은 게 무척 거슬려. 그냥 '마크'라고 하면 안 될까?"

그 순간 버스가 기세 좋게 나타나 부딪힐 정도로 바짝 다가드는 바람에 우리는 보도 끝에서 나가떨어질 뻔한다.

"난 남들과 조금 다른 게 좋아."

내가 줄을 서는데, 마키가 말한다.

"젤라 너처럼 말이야. 넌 이름이 특이하잖아. 그리고 분명 보통 여자애들하고 조금 달라. 그래서 좋지 않니? 내 말은…… 남들과 조금 다르다는 것 말이야."

나는 버스에 앉아 마키에게 잘 가라고 손을 흔들면서 그 말을 곰곰 생각해 본다.

버스가 거리를 누비며 달리는 동안 생각한다.

아니, 나는 남들과 똑같아졌으면 좋겠어.

제16장

마키와 데이트하고 나서 메일을 몇 통 더 받았는데, 대부분 미친놈들이 보낸 것 같다. 더는 데이트 고문을 당하지 않고 나를 지키기 위해 메일 계정을 닫아 버릴까도 고민한다.

'스티번'이라는 남자애도 편지를 보냈는데, 꽤 괜찮은 아이 같았지만 메일로 보내온 사진을 보니 꼭 여섯 살짜리 아이처럼 생겨서 그 메일은 곧장 휴지통에 버린다.

다음으로 '심'이라는 남자애한테 메일이 왔는데, 편지만 보면 아주 예민한 아이 같고 좋아하는 밴드들도 나랑 같았다. 그런데 그다음에 보내온 사진을 보니 스물여덟 살은 되어 보여서, 나는 학교를 마치고 나면 경찰이 되기 위한 훈련을 받으러 떠날 거라 한동안은 연락이 안 될 거라고 답장을 보낸다.

조금 아리송한 편지들도 왔다. 알고 보니 여자애가 보낸 편지였다. 이런 내용이다.

안녕, 남자애들은 너무 따분해. 우리 여자들끼리 연애해 보는 건 어때?

나는 즉각 행동에 들어간다.

'삭제' 버튼을 누른다. 꾸욱.

카로는 내 데이트 모험들을 아주 우습게 여긴다.

웬일로 이런 말도 한다.

"이 녀석들은 하나같이 맘에 안 들어. 이탈리아 이름을 가진 녀석만 빼고 말이야. 걔는 괜찮아 보여. 맘에 안 들면 나한테 던져 줘. 저녁으로 고깃국이랑 함께 먹어 치울 테니까."

내가 말한다.

"잠깐! 이탈리아 이름을 가진 녀석을 어떻게 알아?"

카로가 애써 부끄러운 표정을 지으려고 해 보지만 결국 히죽 웃고 만다.

"비밀번호를 풀기가 어렵지 않던데. '젤라'라니. 진짜 기발하다!"

나는 카로에게 희미하게 미소를 보낸다. 카로가 곁에 있는 생활에 익숙해지고 있다. 카로가 무례하고 모욕적인 말을 할 때도 많지만, 사실 그 속에는 수줍고 불행하고 여린 작은 사람이 숨어 있다는 것을 이제는 안다.

알레산드로가 괜찮다는 말도 맞다. 음, 한 번도 만난 적이 없기는 하지만 말이다. 그래서 알레산드로가 만나자고 했을 때 선뜻 그러겠다고 한다.

하지만 여름 방학 내내 너무 지치고 넌더리가 난 터라 지난번처럼 애써 꾸미는 것이 귀찮기만 하다. 그래서 토요일이 되자 그냥 일어나 씻기와 뜸뛰기를 하고 청바지와 하얀 티셔츠를 걸치고 캔버스화를 신는다.

나는 너무 스트레스가 쌓여서 머리를 좌우 각각 100번씩 빗질한다. 또다시 비가 오고 런던 중심부까지 지하철을 타고 가는 게 너무나 싫다. 하지만 거기서 알레산드로를 만나기로 했다.

10시에 온 프랜이 나를 위아래로 훑어보더니 난감해한다.

"젤라! 이렇게 되는대로 성의 없이 데이트에 나가면 안 돼!"

프랜은 걸을 때마다 치맛자락이 확 퍼지는 팔랑거리는 분홍색 짧은 치마를 입고, 가장자리에 다이아몬드가 박힌 분홍색 샌들을 신고, 가장 멋진 청 재킷을 걸쳤다. 반지르르한 머리카락은 두 갈래로 나누어 묵직하게 땋은 다음 끝을 분홍색 고무 밴드로 묶었다.

나는 분홍의 화신을 보면서 말한다.

"프랜, 넌 정말이지…… 진짜 여자애로구나."

프랜이 앙증맞은 분홍색 손목시계를 보더니 헉 놀란다.

"빨리 가야 돼! 서둘러. 머리 좀 어떻게 하자."

복도 거울 앞에 서서 프랜은 기적 같은 솜씨를 발휘해 부스스한 내 곱슬머리를 말총머리로 묶어 준다. 작은 분홍색 꽃이 달랑거리는 큼직한 금빛 링 귀고리를 벗어서 화장지로 닦는다. 그러고는 내 귓불에 끼워 준다.

프랜이 말한다.

"요전 날보다는 못해. 하지만 귀고리를 하니까 좀 낫다."

우리는 쏜살같이 나가서 지하철을 향해 달린다.

지하철은 끔찍하다.

지하철을 타면 내 강박증이 얼마나 심해지는지 까먹고 있었다.

객차 가운데 기름 자국이 덕지덕지한 기둥들이 있는데, 앉을 자리가 없기 때문에 나는 닿지 않으려고 기를 쓰며 기둥 옆에 서 있다. 객차가 흔들릴 때는 어쩔 수 없이 기둥을 잡아야 하니까. 안 그러면 냄새나는 씻지 않은 몸들 위로 쓰러져 세균 경보와 오염 경보로 죽을지도 모른다.

열차가 역에 서느라 덜컹거릴 때마다 프랜은 내가 분홍색 집시풍 블라우스의 봉긋한 소매를 잡을 수 있게 해 준다.

"고마워."

나는 속삭이듯 말한다.

긴장한 탓에 배 속이 꾸르륵대며 내려앉기 시작한다.

윽.

알레산드로라는 녀석이 이 고생을 할 만한 가치가 있기를 바랄 뿐이다.

더욱 중요한 건 깨끗한 사람이어야 한다는 것.

옥스퍼드서커스는 서로 밀쳐 대고 복작거리는 땀에 젖은 불쾌한 사람들로 가득하다.

"끔찍해!"

프랜이 이렇게 투덜거리는 내 소매를 잡아 에스컬레이터로 끌어 올리고는 출구를 지나 강렬한 햇살 아래로 데리고 나간다.

"으으으."

힘들게 옥스퍼드가를 내려와 길 맞은편의 거대한 탑샵(영국의 대표적 중저가 패션 브랜드 : 옮긴이) 앞으로 간다.

나는 프랜의 소매를 붙잡고 있다. 사람들이 바쁘게 지나가면서 내 팔꿈치나 엉덩이를 후려친다. 중대한 오염 경보에다 *세균 경보*가 한꺼번에 울려서 나는 평정을 잃지 않기 위해 '후후' 호흡법을 실행한다.

하지만 그렇게 숨 쉴 기회도 많지 않다.

탑샵 앞의 커다란 콘크리트 기둥 옆에 서 있는데, 사람들이 너무 많이 지나다녀서 현기증이 일 정도다.

많은 남자애들이 프랜을 보고 미소를 짓는다.

프랜은 땋은 머리를 휙 젖히면서 들창코를 살짝 치켜든다. 프랜이 눈길을 주는 것은 철사처럼 깡마른 마네킹이 입고 있는 분홍색 민소매 원피스뿐이다.

나는 알레산드로에게 내가 까만 곱슬머리이며, 아마도 온통 분홍색으로 차려입은 아름다운 예전 단짝과 함께 탑샵 앞에 서 있을 거라고 미리 말해 두었다. 그 애의 입이 딱 벌어지고 나 대신 프랜과 데이트할 수 있기를 바라는 기색이 뻔히 보이는 난처한 순간을 피하기 위해 프랜이 아름답다는 사실까지 미리 말했다.

프랜은 얼굴을 찡그린 채 길 건너 지하철 입구 쪽을 바라보고 있다.

"저 남자애, 어디서 본 것 같아."

나는 프랜의 시선을 따라가 보지만 워낙 많은 사람들이 버스와 택시를 피해 북적거리는 번화가라 누가 누구인지 구분이 안 간다.

"남자애는 안 보이는데."

나는 중얼거린다. 덥고 슬슬 짜증이 난다.

"저기."

프랜이 가리킨다.

누군가의 머리끝이 살짝 보이지만 그게 전부다.

프랜이 말한다.

"분명 내가 아는 사람이야. 아, 설마…… 저 애가 알레산드로일 리는 없겠지. 어쨌든 좀 늦네."

프랜은 다시 뒤쪽의 탑샵 진열창을 힐끗거린다. 돈이 프랜의 지갑에서 나와 금전 등록기로 들어가겠다고 아우성치는 소리가 귀에 들리는 듯하다.

"미안. 나도 기다리는 게 슬슬 지겨워지고 있어."

나도 이렇게 말하며 탑샵 진열창 속 은색 샌들을 구경한다. 내 것과 조금 비슷한데, 앞에 큼직하고 하얀 데이지꽃이 달려 있다.

흠, 괜찮은걸.

데이트 따위는 다 접고 프랜과 쇼핑이나 할까 하는 생각이 들려는 차에 프랜이 누군가와 이야기하는 소리가 들린다.

프랜이 말하고 있다.

"그래, 어디서 봤다 싶었어! 신기하다! 그때 딱 한 번 봤을 뿐인데 말이야."

나는 인상을 쓰며 돌아선다. 프랜한테 처음 보는 사람하고 수다나 떨지 말고 당면한 문제, 그러니까 나에게 집중하라고 말하려고 말이다.

모습을 보기도 전에 냄새가 다가온다.

샤워 젤 냄새.

탈취제 냄새.

희미한 담배 냄새.

걸걸한 목소리가 말을 건넨다.

"안녕, 젤라."

내 뒤의 탑샵이 무너져 내린다. 나는 쓰러질까 봐 콘크리
트 기둥에 몸을 기댄다.

오염 경보 따위는 희미하게 사라진다. 나는 쓰러지지 않게
나 자신을 붙들면서 뭔가 말을 내뱉으려 애쓴다.

하지만 내 입에서 나온 말은 고작 이것뿐이다.

"너, 너!"

제17장

〃〃〃〃〃〃〃〃〃〃〃

　시원하게 밀어 버린 머리와 옅은 올리브색 피부의 그가 나를 보고 활짝 웃고 있다.

　짙은 눈동자가 재미있다는 듯 반짝거린다.

　나는 겨우 입을 연다.

　"솔, 여기서 뭐 하는 거야?"

　솔이 말한다.

　"너희 둘하고 똑같은 거."

　솔은 지금 미친 길고양이처럼 싱글싱글 웃고 있다.

　"뭐, 너도 원피스 구경하고 있다고?"

　프랜이 나를 보다가 솔을 보다가 다시 나를 바라본다. 갑자기 뭔가 깨달은 듯 프랜의 얼굴이 환해진다.

　"아, 알았다!"

　내가 말한다.

"나도 좀 알고 싶다. 뭘 알았다는 건데? 그건 그렇고 나는 모르는 애랑 소개팅하려고 나온 거야. 그런데 그 바보 멍청이는 코빼기도 안 보이네."

프랜이 씩씩댄다.

"젤라, 너 오늘 정신을 어디다 놓고 온 거야?"

나는 계속 솔을 뚫어지게 보다가 프랜을 보고 다시 탑샵 근처를 둘러본다. 혹시 내 데이트 상대가 우두커니 서 있는데, 우리가 못 알아봤나 싶어서.

솔이 소리 내어 웃는다. 포레스트 힐에서처럼 소리 없이 어깨만 들썩이던 웃음이 아니라 거침없이 큰 소리로 웃고 있다.

솔이 말한다.

"젤라, 바로 내가 그 바보 멍청이야."

솔과 프랜이 배꼽을 잡고 웃는 사이 나는 쇼핑객들이 밟고 지나간 내 정신머리를 주섬주섬 챙기려고 애쓴다.

"하지만." 하고 내가 입을 연다. 황당하기만 하다.

"하지만…… 나는 알레산드로라는 애를 만날 예정인데."

솔이 말한다.

"그래서? 지금 여기 있잖아."

프랜이 활짝 웃으며 내 어깨를 두드리는 시늉을 하더니 목표물이 있는 듯 눈을 반짝이며 탑샵으로 뛰어 들어간다.

"5시에 여기서 보자!"

프랜은 이렇게 소리치며 북적거리는 에스컬레이터를 타고 상점 안으로 내려간다.

나는 뭔가 할 말을 찾을 시간을 벌기 위해 반지르르한 프랜의 정수리가 사라질 때까지 지켜본다.

솔은 여전히 빙글빙글 웃고 있다.

"널 찾는 건 그다지 어렵지 않았어. 그러니까 젤라를 찾는 거 말이야! 그렇게 이름이 특이한데, 인터넷 사이트에 실명을 쓰면 안 되지!"

나는 기둥에 닿지 않게 몸을 움츠리며 솔을 냉랭하게 노려본다.

"적어도 나는 가짜 이름 뒤에 숨지 않아. 알레산드로라니! 그게 다 뭐야? 이탈리아 레스토랑에서 일하는 느끼한 웨이터 같아!"

이번에는 솔이 억울한 표정이다.

"내 진짜 이름이야. 집에서는 늘 '솔'이라 불렸지만 말이야."

짧은 침묵이 흐르는 동안 나는 쥐구멍에라도 숨고 싶은 심정이다. 손도 깨끗이 씻고 싶고 목도 바짝 마른 것이 느껴진다.

솔이 내가 손을 내려다보고 있는 것을 눈치채고는 나직한 소리로 묻는다.

"아직도 강박증이 있어, 응?"

나는 고개를 끄덕인다. 한순간 말이 나오지 않는다.

포레스트 힐에서의 추억이 되살아난다.

엄마가 죽고 아빠의 몸과 마음이 무너져 버린 이야기를 솔이 나에게 처음 털어놓았을 때.

아빠와 헤더가 나를 집으로 데려갈 때 자동차 뒤 유리창으로 본 솔의 마지막 모습.

나는 지난주에 받은 메일을 떠올리며 말한다.

"너희 아빠! 어떻게 감옥에 가게 되신 거야?"

솔이 한숨을 쉰다. 그러고는 주위를 둘러보더니 길 건너편 골목길에 있는 카페를 가리킨다.

"가서 목 좀 축이자. 지금까지 있었던 일을 들려줄게."

우리는 말없이 옥스퍼드가를 걸어 내려간다. 물론 서로 닿지 않고서. 닿는다면 중대한 *세균* 경보와 오염 경보가 울릴 것이다.

하지만 최대한 바짝 붙어서 갔다.

제18장

いいいいいいいいいいいい

포레스트 힐에서 솔을 마지막으로 보고 세 달 만이다.

카페에서 솔이 메뉴를 훑어보는 동안 나는 탁자 맞은편에서 솔을 꼼꼼히 뜯어본다.

그때보다 얼굴이 좋아 보인다.

얼굴에 살이 올랐지만 광대뼈는 여전히 탐스럽다.

웃음도 훨씬 많아졌다.

가장 놀라운 일은 쉴 새 없이 말이 이어진다는 것이다.

솔이 잠시 말을 멈추고 차와 커피, 케이크와 비스킷, 콩을 얹은 토스트를 주문하자 내가 말한다.

"우아, 진짜 수다쟁이가 되었구나. 이제는 오히려 말 좀 줄여야겠는걸!"

솔이 눈부신 미소를 나에게 보내고는 오렌지색 플라스틱 의자에 편히 기대어 앉는다.

"인터넷 검색을 하다가 문득 네가 어떻게 지내는지 궁금해졌어. 그래서 네 이름을 치니까 바로 그 사이트에 연결되던걸. 나머지는 아주 쉬웠지."

'알레산드로'라 생각했던 녀석에게 메일로 무슨 민망한 이야기를 한 게 없는지 머리를 쥐어짜며 기억을 더듬어 보지만, 그 애가 내 앞에 이렇게 웃으며 앉아 있는 상황에서는 아무것도 떠오르지 않는다.

살아 있는 진짜 솔이 바로 내 앞에 앉아 있다니!

족히 서른 개는 될 음식 접시들이 나온다.

나는 프랜의 재킷 주머니에서 내 나이프와 포크를 꺼내고 먼지나 부스러기 같은 것들이 묻지 않았는지 접시들을 일일이 확인한다.

솔은 짙은 눈썹 아래 깊고 어두운 두 눈을 찌푸린 채 나를 지켜본다.

"포레스트 힐에서 지낸 뒤로 다 나았을지도 모른다고 생각했는데."

나는 토스트를 하얀 냅킨에 싸서 이물질이 없는지 살펴보고 아랫면도 두 번이나 확인한 다음 조심스럽게 입에 가져간다.

내가 말한다.

"어느 정도는. 뜀뛰기랑 박박 씻는 것은 줄어들었지. 하지만 이번 여름이 워낙 힘들었거든."

"아, 그렇구나. 카로랑 지낸다고 했지. 끔찍하다. 어떻게 된 거야?"

카로가 길 잃은 악마 숭배자처럼 우리 집 현관 앞에 불쑥 나타난 이야기를 들려주자 솔이 걱정될 정도로 웃어 댄다.

"행운이 함께하길 빌게."

이렇게 말하는 솔의 눈은 반짝반짝 빛나고 있다.

솔은 커다란 접시에 담긴 콩을 먹어 치우고 케이크도 두세 개 와구와구 먹는다.

나는 솔이 다 먹을 때까지 잠자코 기다린다. 솔이 먹는 동안 매끄럽게 밀어 버린 머리통을 바라보는 것이 즐겁다. 솔이 다 먹은 뒤에 내가 아빠에 대해 물어본다.

솔은 입을 닦고 다시 의자에 기대앉는다.

"한동안은 잘 지냈지. 몇 주 동안은 아빠랑 함께 살았어. 아빠는 정말로 무지 노력했지. 내가 다시 말할 수 있다는 사실에 무척 놀라셨어. 우리는 엄마 일에 대해 이야기를 나누기 시작했어. 그때부터였어. 아빠의 몸과 마음이 무너지기 시작한 게."

나는 고개를 끄덕인다. 솔이 자기 부모님에 대해 한 이야기가 생각난다.

"그래서 어떻게 됐어?"

나는 손을 화장지로 꼭꼭 감싼 채 케이크의 하얀 포장지를 벗겨 내며 묻는다.

"집에 들어오는 시간이 점점 늦어지기 시작했어. 어느 날은 아예 집에 들어오지 않았지. 경찰에 전화해 보니까 빈집 털이로 체포되었대. 감옥 밖에서 아빠를 본 건 그때가 마지막이었지."

"아."

눈물이 핑 돈다. 솔은 엄마가 돌아가신 데다가 아빠까지 감옥에 가서 돌봐 줄 이 하나 없는 신세인 것이다.

솔이 짧게 웃고는 콩 접시에 남아 있는 소스를 빵 조각으로 닦아 먹는다.

"불쌍하게 여길 것 없어. 나는 이스트런던에 사는 할아버지 집으로 왔어. 멋진 곳이야. 우린 그럭저럭 잘 지내고 있어. 할아버지는 열 살이나 어린 여자 친구도 있어."

나는 고개를 끄덕인다.

"헤비메탈 밴드에서 연주한다는 이야기는 뭐야? 네가 카로랑 사귀어야 할지도 모르겠다."

내가 메일 내용을 떠올리며 묻자 솔이 몸서리를 치며 대꾸한다.

"카로는 반그리스도교 쪽인걸. 어쨌거나 걔는 메탈보다는 고스 음악을 더 좋아해."

"아, 그렇구나."

카로의 방에서 흘러나오는 이상한 소음들이 고스 음악인지 메탈인지 나는 잘 구분이 가지 않는다.

솔은 자기네 밴드와 자기가 쓰고 있는 곡들에 대해 이야기한다. 어느 틈에 5시가 되자 솔이 계산을 하고 우리 둘은 말없이 다시 번화가로 돌아온다.

탑샵 앞에 왔지만 프랜의 모습은 보이지 않는다. 생각해보니 옷과 신발에 둘러싸여 있을 때는 시간 가는 줄 모르기 마련이다. 그래서 솔과 기둥 옆에 비켜서 있는데, 솔이 내 '개인 공간'으로 들어온다. 나는 *세균 경보*나 *오염 경보*를 피하기 위해서 항상 개인 공간이 필요하지만, 솔이기 때문에 그다지 거슬리지 않는다. 솔 때문에 가슴이 점점 더 빠르게 쿵쿵 뛰고, 한편으로는 내 안의 작은 목소리가 공포에 질려 비명을 지르고 있다. 솔이 언제라도 뭔가를 '할' 것처럼 보였기 때문이다. 프랜이 빨리 돌아와 주기를 바라는 마음 반, 탑샵의 탈의실에서 영원히 돌아오지 않기를 바라는 마음 반이다. 내 얼굴이 빨갛게 달아오르고 당황한 표정이었나 보다. 솔이 다가오다 말고 뒷걸음질 치다가 지도를 보며 돌아다니던 관광객 여자애들 무리랑 부딪히고 만다.

솔이 사과한다.

"미안."

나한테 한 말인지 그 여자애들한테 한 말인지 잘 몰라서 엷은 미소만 머금는다.

솔이 말한다.

"저어, 잠깐만 손잡아도 될까?"

솔이 고개를 살짝 수그린다. 샤워 젤 냄새가 확 풍겨 온다.

포레스트 힐에서도 솔과 손을 잡은 적이 있다. 2, 3초밖에 안 되었지만 지난 2년여 동안 누군가와 피부 접촉을 한 것은 그때가 처음이었다.

그때의 느낌이 어땠는지 지금도 생생하게 기억난다. 건조하고, 따뜻하고, 살아 있는 느낌.

겁이 난다. 하지만 놀랍기도 하다.

내 손을 내려다본다.

한 손을 내밀어 보지만, 손은 자기만의 의지라도 있는 듯도로 호주머니 속으로 숨어 버린다.

"미안해, 미안해."

죽고 싶다.

강박증을 얼마나 없애고 싶은지 창자가 뒤틀리고 아플 지경이다.

"괜찮아."

솔은 그렇게 말하지만 실은 전혀 괜찮지가 않다.

우리는 버스 정류장 앞에서 어색한 타인들처럼 이쪽 다리에 기대섰다 저쪽 다리에 기대섰다 하고 눈썹을 추켜세우면서 "글쎄."나 "흐으음……."이나 "그렇지!" 하는 말이나 하고 있다. 어색해서 죽을 것 같던 차에 프랜이 부스럭거리는 쇼핑백들을 가득 들고서 나타난다. 솔은 프랜을 보고 활짝 웃으며 환경을 보호해야 한다는 둥 썰렁한 농담을 몇 마디 하고, 그 뒤로 나는 프랜과 함께 지하철을 탄다. 프랜은 눈이 휘둥그레져 걱정스럽게 나를 바라본다.

커다란 꽃이 달린, 정말 맘에 드는 멋진 은색 샌들을 선물받았는데도 집에 오는 내내 프랜과 한두 마디밖에 나누지 못한다.

얼른 집에 가서 침대에 누워 실컷 울고 싶다.

강박증이 사라졌으면 좋겠다.

제19장

llllllllllllllllllll

주말 내내 메일을 수도 없이 확인해 보지만 솔한테서는 소식이 없고 프랜한테서만 괜찮으냐고 다정하게 묻는 문자가 몇 번 온다.

어쨌거나 편지가 올 거라고 생각하지도 않았다.

지금의 나는 그 애에 비하면 엉망진창이다. 솔은 자기 인생을 잘 정리하고, 말하기를 거부했던 문제도 성공적으로 극복했다.

나는 여전히 손톱 솔에 하얗고 독한 비누를 잔뜩 묻혀서 뺨을 박박 문질러 대고 있고, 발이 아프도록 뜀뛰기를 하는데다가 새로운 의례 행위까지 생겼다. 뜀뛰기하기 전에 난간 끝을 10번 두드리지 않으면 헤더가 슬로베니아에서 죽어 버려 이 끔찍한 방학으로부터 나를 구하러 오지 못할 거라는 생각이 든 것이다.

솔이 생각하기에 나는 가망이 없어 보였을지도 모른다.

다시 연락이 오지 않는다 해도 그 애를 비난할 수 없다.

월요일.

카로는 느지막이 일어나서는 어디 가는지 말도 안 해 주고 외출한다. 그러고는 학교에서 돌아오는 아빠와 똑같은 시간에 돌아온다.

카로의 얼굴에는 내가 익히 알고 있는 표정이 떠올라 있다. 그것은 히죽거림과 거드름, 우월감과 수수께끼 같은 면이 동시에 담긴 표정이다. 포레스트 힐에서 무자비한 모욕을 가해 앨리스가 눈물을 쏟게 하고 분노로 리브의 말문이 막히게 하던 때의 표정과 똑같다.

나는 퉁명스럽게 묻는다.

"뭔데?"

카로의 심술을 받아 줄 기분이 아니다.

그런데 아빠의 눈가가 조금 불그레하다. 이번만이 아니다. 아빠가 중국 음식을 사 왔는데, 나는 자꾸 아빠의 눈에만 눈길이 간다. 헤더가 빨리 돌아와서 아빠가 일이 끝난 뒤 술집에 들르지 못하게 해 주었으면 좋겠다.

아빠는 헤더를 무척 그리워하고 있다. 인정하지 않겠지만 내가 잠자리에 들었다고 생각한 시간에 아빠가 멍한 눈으로 헤더의 사진을 애처롭게 바라보는 모습을 본 적이 있다. 아빠는 상사병에 걸린 사람처럼 헤더를 애타게 그리워하고 있다.

어쩌면 그래서 날마다 퇴근하고 술을 마시는지도 모른다.

나는 좀 더 넓은 마음으로 이해하기로 한다.

"다른 선생님들도 같이 술집에 가는 거예요?"

아빠는 커다란 유리그릇에 새우크래커 한 봉지를 붓고 있다. 내 말에 잠깐 멈칫했지만 여전히 등을 돌린 채 하던 일을 계속한다.

카로가 기분 나쁘게 킬킬거린다.

아주 작은 소리지만 내 화를 돋우기에 충분하다.

"잠시라도 우리 대화에서 빠져 줄 수 없어?"

카로는 짐짓 놀란 표정을 지어 보이고는 누가 앉을 새도 없이 면 요리에 덤벼들더니 눈을 사팔뜨기처럼 뜬 채 닭고기 조각들을 뚝뚝 떨어뜨리며 흡입하듯 먹어 댄다.

내가 말한다.

"으, 역겨워. 어쨌거나 아빠, 다른 분들도 같이 가세요?"

아빠가 식탁으로 온다.

술집에 들렀다 왔는데도 맥주 캔을 새로 딴다.

카로는 나와 눈을 마주치더니 이미 다 안다는 듯한 그 이상한 웃음을 다시 짓는다.

나는 맥주 캔은 못 본 척하기로 마음먹는다.

아빠가 말한다.

"그래, 다른 선생들도 한둘은 가지. 새우크래커 먹을 사람?"

카로가 몸을 기울여 그릇에 있는 새우크래커를 절반도 넘게 가져온다.

나는 카로의 접시 쪽으로 손을 뻗어 조금 뺏어 온다.

카로도 예의를 배워야 한다.

"오오오, 강박증이 화났네! 내가 알고 있는 걸 알면 훨씬 더 화가 나겠지!"

나는 못 들은 척한다. 깨끗한 숟가락을 꺼내서 음식을 먹는데, 각 요리마다 숟가락을 하나씩 따로 놓아둔다. 그래야 중대한 *세균* 경보의 위험을 피할 수 있다.

카로는 그냥 넘어가지 않을 작정인가 보다.

이번에는 더 큰 소리로 말한다.

"내가 알고 있는 것을 너도 알게 되면 정말로 화가 날 거라니까."

아빠는 고개 한 번 들지 않고 게걸스럽게 먹고 있다.

아빠가 식탁 밑에서 카로의 다리를 세게 차는 것이 똑똑히 보인다.

아빠의 발길질도 안 보이고, 카로의 말도 들리지 않는 척하기로 마음먹는다.

"새우크래커는 왜 먹어도 먹어도 맛있을까?"

나도 모르게 높고 히스테릭한 목소리가 나온다. 내 말에 카로가 또다시 사악한 웃음소리를 낸다.

"몰라. 맥주는 왜 먹어도 먹어도 맛있는 것 같아? 왜 사람들은 맥주를 그렇게 많이 마셔 댈까?"

아빠는 기록적인 속도로 식사를 마치고 일어나서 찻주전자에 물을 채운다.

분위기가 영 이상하다. 마치 여름은 벌써 끝나 버렸고, 집과 정원에 온통 가을 서리가 내릴 것만 같은 분위기다.

카로가 말한다.

"왜? 아무도 대답하지 않을 작정이야?"

나는 이 상황에 넌더리도 나고, 솔과 데이트를 망친 것 때문에 기분도 아주 엉망이다.

내가 말한다.

"카로, 아빠가 맛있는 저녁밥을 사 오셨어. 근데 왜 그렇게 무례하게 구는 거야? 네가 왜 그러는지 모르겠지만, 난 알고 싶지 않아. 오늘 저녁만이라도 입 좀 다물고 있어 주면 안 되겠니?"

카로가 의자를 뒤로 밀며 일어난다. 웃음기가 사라진 얼굴이다. 카로는 쌀 요리를 그릇째 들고 부엌문으로 향한다.

카로가 내뱉듯이 말한다.

"감히 나한테 이래라저래라 하지 마. 네가 화낼 상대는 내가 아니야. 넌 아빠가 학교 선생님 노릇을 하고 있는 줄 알지만, 사실은 날마다 뭘 하고 있었는지 여기 있는 소중한 아빠한테 물어보는 게 좋을걸."

내 얼굴에서 핏기가 싹 가시는 것이 느껴진다.

아빠는 슬그머니 부엌을 나가 서재로 올라간다.

"무슨 소리지?"

다리가 후들후들 떨리고 당장이라도 2층으로 달려가 빨갛게 벗겨질 때까지 손을 박박 씻고 싶은 마음이 굴뚝같다.

카로가 말한다.

"내가 직접 봤어!"

카로의 목소리에는 만족감이 가득하다.

"너의 소중한 아빠가 말이야. 오늘 오후 2시에 술집에 있더라. 날마다 그곳에 있었던 게 확실해."

카로가 문을 얼마나 세게 닫고 나갔는지 벽에 걸린 괘종시계가 떨어져서 내 발치에 까맣고 하얀 파편을 남기며 산산이 부서진다.

나는 창백한 좀비처럼 언제까지나 그 자리에 서 있다.

발이 바닥에 붙어서 떨어지지 않는다.

두려움으로 얼어붙어 움직일 수가 없다.

카로는 여러 가지 단점이 있는 아이지만 거짓말쟁이는 아니다.

그럼 아빠는?

아빠는 내내 나한테 거짓말을 하고 있었다.

제20장

아빠는 2층에 오래 있지 않는다.

카로의 손목을 질질 끌고 아래층으로 내려온다.

카로의 얼굴에 그 우쭐해하는 표정이 사라졌다. 눈에 두려움이 가득하다.

"앉아."

아빠가 카로를 의자에 밀어 앉힌다.

나는 여전히 부엌 한가운데 얼어붙은 채 서 있다.

"젤라, 너도."

나는 간신히 의자가 있는 곳까지 간다. 하지만 아빠의 눈을 바라볼 수가 없다.

아빠가 말한다.

"네가 따지기 전에 말하마. 그래, 사실이야. 새 직장에 나가지 않았어. 온종일 술집에 앉아 있었다. 부정하지 않겠다."

실망감으로 말이 나오지 않는다. 그동안 내내 아빠의 기운을 북돋워 주려고 애쓰고, 새 옷을 사러 가고, 헤더한테 전화를 했었다. 아빠가 다시 교사로 일하게 되어 헤더가 무척 자랑스러워했는데.

"젤라, 말 좀 해 보렴. 뭐라도. 가만히 앉아 있지만 말고. 사실 나도 너무 가슴이 아프단다."

카로는 입을 오래 다물고 있지 못한다.

"세상에, 한심도 하시지. 딸한테는 직장에 나가는 척하면서 슬픔에 빠진 늙은 술꾼이 되어 동네 술집에 숨어서 죽치고 있었다니."

아빠가 카로를 돌아본다.

정말 오랜만에 아빠의 눈에 진짜 분노가 번뜩인다.

"네가 우리 집에 살도록 해 주었어. 공짜로 살게 해 주었는데, 넌 그 보답으로 어떻게 했지?"

아빠는 딱히 어떤 대답을 기대한 게 아닌데, 역시나 카로는 그냥 넘어가지 못한다.

"매력적이고 재미있는 하숙생이었지요. 불행하고 미친 당신 딸과는 달리."

나는 카로를 노려본다.

아빠가 말한다.

"젤라는 너보다 백배는 더 가치 있는 아이야."

카로도 지지 않는다.

"젤라는 괴짜예요. 정신 차려요, 아저씨. 우리 둘 다 알고 있잖아요."

아빠가 일어나서 카로를 내려다본다. 체크 셔츠를 입고 물기 어린 눈가가 불그스름해진 모습이 꼭 붉은 분노의 탑처럼 보인다.

"됐다."

목소리가 꼭 강철 같다.

아빠가 계속해서 말한다.

"당장 우리 집에서 나가 줬으면 좋겠다."

카로의 표정에서 우월감이 사라진다.

카로가 더듬거린다.

"뭐라고요? 안 돼요……, 못 나가는 거 알잖아요. 어디로 가라고요?"

아빠는 자기 인생에서 영원히 쫓아내기라도 하듯 손을 휘휘 내젓는다. 정말 그러고 있는지도 모른다.

"이럴 줄 알았어야지. 이유는 모르지만 너한테 좋은 가정을 주시는 일을 떠맡은 점잖은 양부모님한테 돌아가야 할 거야."

카로가 까만 립스틱 바른 입을 벌리더니 분노의 비명을 내지른다.

전에도 몇 번 그 비명 소리를 들었지만 들을 때마다 온몸의 털이 곤두선다. 누군가가 나의 보드랍고 하얀 배를 소독하지도 않은 큰 칼로 갈랐을 때 내가 낼 것 같은 그런 비명 소리다.

아빠는 한순간 깜짝 놀라지만 여전히 험악한 표정으로 카로를 굽어보고 있다.

"가서 짐을 싸라. 양부모님께 전화하마. 그분들한테 데리러 오라고 하거나 네가 차를 얻어 타고 가렴. 어떻든 난 상관 없다."

카로는 이제 분노로 얼굴이 붉으락푸르락한다. 사나운 표정으로 부엌을 둘러본다.

카로의 눈길이 뒤뜰에 머무는 순간 나는 카로가 무슨 짓을 하려는지 알아차리고 "안 돼, 카로!" 하고 소리치지만 이미 늦었다. 악에 받친 카로는 검은 번개처럼 순식간에 부엌을 뛰쳐나가 정원 안쪽으로 들어가더니 아빠가 종일 정원일을 하고 꽃밭에 꽂아 둔 삽을 향해 곧장 걸어간다.

아빠와 내가 뒤따르지만 한발 늦는다.

분노에 찬 비명과 끙끙 힘쓰는 소리와 함께 가지런히 자라던 채소들의 초록 이파리들이 삽에 휘둘려 허공에 흩날린다. 붉은 콩꽃을 받치고 있던 멋진 피라미드 모양의 지지대도 카로의 손에 뜯겨 나가 부러지고 구부러져 채소 뿌리들과 함께 풀 위에 나뒹군다.

"그만둬! 카로! 그만둬!"

나는 소리치며 카로에게 뛰어간다.

그렇다. 이미 늦어 버렸다.

카로는 아빠가 애지중지하는 온실을 향해 묵직한 삽을 들어 올린다. 온실에는 작은 보석처럼 열매를 송이송이 매단 포도와 토마토가 깔끔하게 줄지어 자라고 있었는데, 카로가 괴성을 지르며 온실 유리를 산산이 부숴 버리고 플라스틱 모종판들과 모종들을 후려쳐 바닥에 내동댕이친다.

나는 온실로 뛰어 들어가 카로의 손에서 삽을 빼앗으려고 실랑이를 벌인다. 카로는 작고 마른 체구에도 사람 같지 않은 괴력을 내고 있다. 흙과 마른 나뭇조각들과 잡초를 뒤집어쓰고 있는데도 나는 오염 경보를 알아차리지 못한다.

아무리 해도 카로의 손에서 삽을 뺏을 수가 없다.

어느 순간 누군가의 손이 다가와 삽을 붙든다.

아빠다.

카로의 손이 닿지 않는 곳에다 삽을 치우려나 싶었는데, 아빠의 다음 행동은 전혀 예상하지 못한 것이다.

아빠는 여전히 삽을 쥔 채 카로 앞에 우뚝 서 있다.

그러고는 귀가 쩡쩡 울리게 고함을 내지른다.

제21장
||||||||||||||||||||

카로가 겁에 질려 웅크리고 아빠가 성난 고래처럼 카로 앞에 선 모습이 끔찍한 영화의 한 장면처럼 느릿느릿 펼쳐진다. 나는 아빠를 막으려고 다가간다.

아빠가 소리치고 있다.

"이 못된 것! 이 불쾌하고 사악한 것!"

나는 느린 화면에서 빠져나와 카로와 삽 사이로 끼어든다.

"안 돼요, 아빠! 때리면 안 돼요!"

카로의 과거에 대해 아빠한테는 대충만 말했다. 카로는 아주 어렸을 때 아버지한테 맞고 학대당했다. 그때 느낀 공포 때문에 지금도 자해를 하는 것이다.

내 목소리를 듣는 순간 아빠는 충격으로 얼굴이 잿빛이 된다.

아빠가 삽을 툭 떨어뜨린다. 눈물을 줄줄 흘리는 상심한 사내가 되어 우두커니 서 있다.

카로도 울고 있다. 발길에 차인 동물처럼 두려움에 떨며 나직이 훌쩍이고 있다.

아빠가 삽을 놓아 버리자 카로는 아빠를 피해 온실에서 뛰쳐나가 집으로 들어간다.

정원은 폐허처럼 보인다.

아빠가 질서 있게 심어 놓은 채소들이 모두 사라졌다.

뿌리 뽑힌 식물들의 이파리, 흙덩이와 함께 잔디도 여기저기 흩어져 있다. 콩 지지대는 술 취한 듯 널브러져 있거나 거대한 자벌레처럼 으스러진 팔다리를 하늘을 향해 비죽 뻗고 있다.

아빠는 무릎을 털썩 꿇더니 두 손으로 얼굴을 감싸 쥔다.

아빠의 몸이 떨리면서 거친 흐느낌이 흘러나온다.

그 순간 아빠는 더 이상 나약하고 직장도 없고 상사병에 걸린 술꾼으로 보이지 않는다.

인간이다. 고통에 빠진.

크나큰 고통에 허우적거리는 인간.

나는 아빠 옆에 쪼그리고 앉는다. 아빠가 무릎을 꿇은 곳에는 퇴비와 흙과 천연 비료와 온갖 싫은 것들이 쌓여 있지만 나는 개의치 않는다.

3년 만에 처음으로 손을 뻗어 아빠를 만진다.

내가 팔을 둘러 안자 아빠가 흠칫 놀란다. 온몸이 '오염 경
보!'와 '세균 경보!'를 외쳐 대는데도 죽을힘을 다해 아빠를
껴안는다.

그렇게 한참 아빠를 안고 있다가 어떤 생각이 퍼뜩 떠오
른다.

카로. 카로는 어디 갔지?

나는 쏜살같이 집으로 달려간다.

제22장

‖‖‖‖‖‖‖‖‖‖‖‖‖‖‖‖‖

카로는 방에 없다.

카로의 이름을 부르며 2층을 둘러보지만 대답이 없다.

옷은 옷장에 모두 그대로 있는데 그 애의 모습은 어디에
도 없다.

"카로!"

나는 큰 소리로 부르며 도로 아래층으로 뛰어 내려가 거
실과 부엌을 확인한다.

아래층에도 없다.

의사쌤이 가르쳐 준 대로 잠시 숨을 천천히 깊게 들이마
신다.

"후우우, 후우우."

나는 부엌문에 기대어 숨을 쉰다.

다음 순간 내 눈에 들어온 것이 있다.

집 열쇠와 헤더네 집 열쇠를 걸어 두는 고리.

아무것도 없다.

순식간에 나는 정원 길을 달려 헤더네 현관문을 마구 두드린다. 내 손이 나무 문에 닿는 것도 깨닫지 못하고서.

우편함에 대고 소리친다.

"카로, 나 좀 들여보내 줘!"

아무 소리가 없다.

"어휴, 이런."

아빠도 엄청난 충격에 휩싸인 채 정원에 남아 있다.

나는 헤더네 집 뒤쪽으로 돌아가서 창문이란 창문은 죄다 들여다보고 뒷문도 흔들어 보았지만 꼭꼭 잠겨 있다.

아무래도 경찰에 알려야 할 것 같아서 집으로 뛰어와 휴대폰을 집어 들었지만 결국에는 엉뚱한 행동을 하고 만다.

프랜에게 전화한다.

프랜은 무슨 말인지 알아듣기 힘든 내 전화를 받고 10분도 안 되어 산악자전거를 타고 많은 머리를 휘날리며 달려온다.

"무슨 일이야?"

프랜이 숨을 헐떡이며 묻는다.

내가 전화에 대고 흐느끼며 "비상사태야!"라는 말밖에 하지 못했기 때문이다.

나는 프랜에게 아빠와 카로, 카로의 불행한 과거에 대해 이야기해 준다.

프랜의 얼굴이 하얗게 질린다.

프랜이 내가 항의하는 것도 무시하고 말한다.

"어떻게 해서든 들어가야 해. 헤더는 이해해 줄 거야. 이건 죽느냐 사느냐의 문제야."

프랜이 위기에 얼마나 강한지 잊고 있었다.

프랜은 곧장 벽돌을 손수건으로 감싸서 부엌 창문을 깨뜨리고 걸쇠를 더듬어서 연다. 우리는 창문을 타고 넘어 팔다리가 엉킨 상태로 개수대로 떨어진다.

"으윽."

개수대에 찬물이 받혀 있었는데 그리로 떨어진 것이다.

프랜이 쏘아붙인다.

"젤라, 물 따위는 신경 쓰지 마. 네 친구나 찾아."

"걔는 내 친구가 아니야."

나는 이렇게 되받아치다가 말을 멈춘다.

카로가 걱정된다. 누군가를 이렇게까지 걱정해 본 적은 없는 것 같다.

어쩌면 카로는 내 친구인지도 모른다. 아니면 친구 비슷한 존재. 나한테 못되게 굴긴 해도 말이다.

프랜이 나보다 먼저 쏜살같이 계단을 올라간다.

"찾았어!"

프랜이 아래층에 대고 소리친다.

프랜이 전화기를 들고 전화 거는 소리가 들린다.

프랜은 차분하고 어른스러운 목소리로 말한다.

"구급차 좀 보내 주세요."

위층으로 뛰어 올라가는데 가슴이 두방망이질 친다.

카로는 헤더의 침대에 누워 있다.

이불은 평소에 새것처럼 하얬지만 오늘은 온통 핏빛 양귀비꽃이 핀 것 같다.

적어도 내 눈에는 그렇게 보인다.

이내 나는 무슨 일이 벌어졌는지 깨닫는다.

온 세상이 흐릿해지더니 까매진다.

모두가 사라진다.

제23장

⸿⸿⸿⸿⸿⸿⸿⸿⸿⸿⸿⸿⸿⸿⸿⸿⸿⸿

눈을 떠 보니 나는 다시 집으로 돌아와 2층에 있는 엄마 침대에 누워 있고, 초록색 옷을 입은 여인이 손전등 불빛으로 내 눈을 살펴보고 있다.

초록 옷 여인이 말한다.

"괜찮아요. 충격을 받아서 그런 것 같아요."

프랜의 목소리가 말한다.

"아뇨, 피 때문이에요."

프랜은 침대 맞은편에 앉아 있다.

내가 말한다.

"나는 피가 싫어."

입안이 바짝 마르고 고약한 맛이 난다.

프랜이 말한다.

"피를 싫어해요. 강박증이 있거든요."

그래, 그래. 꼭 그렇게 집어서 말 안 해도 된다고.

나는 기겁해서 벌떡 일어나 앉는다.

"카로는 어디 있어?"

카로는 방금까지만 해도 침대에 창백하게 축 늘어져 있었다. 그 예쁘고 사악한 얼굴은 식은땀으로 번들거렸고, 손목에서는 피가 흘렀다.

초록 옷 여인이 말한다.

"병원으로 옮겼단다."

침대 발치에 서 있던 아빠가 말한다.

"카로는 괜찮을 거야. 그 애한테 화낸 거 미안하다. 네가 들려준 이야기를 깜박 잊었구나. 내가 한 짓을 변명하는 것은 아니지만."

나는 손을 뻗어 요전 날 솔하고는 하지 못했던 무언가를 한다.

아빠의 손을 잡는다. 열두 살 이후로 아빠 손을 잡은 적이 거의 없어서 진짜 느낌이 이상하다. 아빠의 손마디 주름과 털과 거친 손바닥이 느껴진다.

아빠가 말한다.

"와, 내 손을 진짜 잡은 거니, 공주님?"

아빠는 눈물을 훔친다.

프랜이 활짝 웃어 보인다. 진짜 웃음이다.

"너도 괜찮아지고 카로도 무사히 병원에 가게 되어서 정말 기뻐."

내가 대답할 말을 찾기도 전에 프랜은 아래층으로 내려가 자전거를 타고 떠난다.

프랜이 큰 소리로 말한다.

"나 할 일이 있어!"

아빠와 나는 서로를 바라본다. 아빠는 진흙과 흙과 풀과 나뭇조각을 뒤집어쓰고 있고, 훨씬 늙고 상심한 듯 보인다.

"실망시켜서 미안하다."

그 말로 충분하다.

나는 프랜이 방금 나한테 보여 준 미소처럼 진심을 담아 활짝 웃는다.

어쨌거나 아빠는 아빠인 것이다.

제24장

〽〽〽〽〽〽〽〽〽〽〽

    카로가 병원에 입원한 다음 날, 집은 정말로 조용하고 낯설고 차분하다.

    아빠와 나는 서로 미안해하고, 돕고, 애써 웃으면서 서로의 주위를 조심조심 오간다.

    놀랍게도 카로가 그립다.

    끔찍한 음악과 말로 공격하는 불쾌한 태도도 그립다. 식탁에 부츠 신은 발을 턱 올려놓고 담배를 말던 모습도 그립다. 기분이 안 좋은 카로도, 문을 쾅 닫는 카로도, 의자를 뒤로 젖히며 성질부리는 카로도 그립다.

    나는 생각한다.

    '미친 게 틀림없어. 내 작은 문제도 있는데 말이야. 어휴, 기막혀.'

    카로가 병원에 입원하고 사흘이 지난 지금, 나는 머리카락이 빠질 정도로 세게 빗질을 한다.

아빠는 밖에서 카로가 끼친 모든 피해를 복구하고 있다. 헤더의 비상금 저금통을 뜯어서 사람을 불러 온실에 새 유리를 끼우고 더 많은 씨앗을 심는다. 식물을 파괴하는 미치광이가 삽으로 공격하지 않는 한 늦가을에 맞춰 자라도록 하겠다면서.

머리의 오른쪽을 30번 빗질하고, 왼쪽을 30번, 뒤쪽을 30번 빗질한다.

머리를 뒤로 모아서 단정하게 말총머리로 묶고는 옷장에서 긴치마를 꺼낸다. 그런 다음 옷장에 남아 있는 다른 옷들이 정확히 4센티미터 간격을 유지하도록 다시 정리한다. 이번 주 들어 두 번째로 자까지 써서 간격을 잰다.

샌들을 찾아서 신고 아래층으로 내려간다.

오늘은 꼭대기 계단에서 50번 뛰고 맨 아래 계단에서 50번 뛰는데, 어떤 이유에서인지 아침 먹기 전에 부엌에서도 50번 뜀뛰기를 한다.

쌀 튀밥 시리얼 한 그릇을 들고 식탁에 혼자 앉아 먹으며 바삭바삭 씹히는 소리에 귀를 기울이며 생각한다.

프랜을 빼면 이 세상에서 쌀 튀밥 시리얼이 내 유일한 친구일지도 몰라.

그런 생각을 한다는 게 너무 슬프다.

여름 방학도 이제 3주 남짓 남았다. 아빠는 여전히 실직 상태에 우울하고, 예전 단짝 친구는 나한테 훨씬 잘해 주지만 우리는 아직도 갈 길이 멀고, 내 인생의 사랑은 나타났다가 다시 사라져 버리고, 나의 반그리스도 친구 카로는 서머싯에 있다. 돌봐야 할 아빠와 산더미 같은 숙제만 아니면 나도 그곳에 가고 싶다.

나는 슬프고 지치고 기가 죽어 있다.

"이 생활은 언제나 끝이 날까?"

내가 소리 내어 말한 순간 아빠가 열린 부엌문으로 들어선다.

"무슨 끝?"

화려한 패션지 편집자 같은 높은 목소리가 묻는다.

샤넬 향수 냄새가 부엌으로 흘러든다.

'슬로베니아'라고 말하기도 전에 나는 벌떡 일어난다.

헤더가 입이 귀에 걸리도록 활짝 웃고 있다.

"놀랐어?"

"그럼요, 정말 놀랐어요!"

아빠는 여전히 정원 안쪽에 있다.

아빠는 나보다 훨씬 더 놀랄 것이다. 애처로운 늙은이가 갑자기 나타난 사랑에 어안이 벙벙할 테지.

내가 말한다.

"왜 이렇게 빨리 돌아왔어요?"

헤더는 면세점 쇼핑백을 기울여 향수들과 초콜릿 상자들을 식탁 가득 쏟아 놓는다.

"아, 너도 알다시피 샴페인을 너무 많이 마시면 피부가 엉망이 되거든. 반드시 명심해 둬."

헤더는 지독한 거짓말쟁이다.

"뭔가 알고 있죠, 그렇죠?"

헤더는 향수를 뿌려 보다 말고 짐짓 아무것도 모르는 표정을 지으려 하지만 별 효과가 없다.

"그래. 네 친구 프랜이 전화했어. 참 좋은 애더구나. 네 강박증을 진심으로 걱정했어."

처음에는 헤더의 말이 잘 이해가 되지 않는다. 프랜? 프랜이 나를 걱정하다니. 모든 의심이 우리 사이를 가로막기 전의 프랜과 똑같이?

그 순간 어떤 깨달음이 찾아온다.

단짝 친구와 사이가 틀어져서 서로를 죽이고 싶은 마음이 든다고 해도, 우정의 작은 씨앗이 살아남아 있다면 우정은 다시 자라날 수 있다는 깨달음이다.

아주 오랜만에 진심에서 우러나오는 미소가 피어난다.

프랜에게 고맙다는 표시로 마키의 전화번호를 알려 주어

야겠다.

헤더가 엄격한 어조로 말한다.

"프랜이 그러는데, 아빠가 새 일자리에 나가다 말았다면서. 사실이니?"

나는 의자에서 자세를 바꾸어 앉으며 아빠 쪽을 내다본다.

"으음, 그래요, 뭐 조금은."

헤더는 놀라움을 금치 못한다.

"가엾은 것, 가엾은 것! 이 모든 근심을 짊어지기에 넌 너무 어려! 젤라, 정말 미안하구나!"

카로가 분노에 차서 정원을 망가뜨린 이야기를 들려주자 헤더는 헉 놀라고 충격받은 표정을 지으며 입을 가리더니 웃지 않으려고 애쓴다.

"아, 젤라, 정말 굉장한 여름 방학이었구나! 정확히 말하자면 대단히 힘든 방학이었지."

"그뿐이 아니에요."

나는 탑샵 앞에서 솔을 만난 비극적인 이야기도 들려준다. 솔의 손을 잡을 수 없었던 대목에 이르자 헤더의 눈이 왕방울만 하게 커진다.

"내가 곁에 있었어야 했는데. 마음으로 응원도 해 주고, 디자이너 드레스도 아주 싼 가격에 줄 수도 있었는데."

헤더는 슬로베니아산 괴상한 곰 인형을 나한테 선물로 주고는 뭔가 할 말이 있다는 듯 눈을 반짝이며 아빠가 있는 정원 쪽으로 척척 걸어간다.

여름 방학의 마지막 주다. 드디어 진짜 해야 할 일을 하고 있는 기분이 든다.

아무것도 아닌 일들로 채워지는 평범한 일상.

그런데 무슨 일이 생긴 줄 알아?

방금 전에 오랜 망설임 끝에 슬픈 마음으로 사이트에 로그인했는데 솔한테서 메일이 와 있다!

메일은 이런 내용이다.

젤라에게. 잘 지내고 있지? 요전 날 널 다시 만나게 되어서 즐거웠어. 네가 좀 힘들었지? 미안해. 언제 다시 한 번 시내에서 만날 수 있을까? 사랑을 담아, 솔.

추신 : 너 정말 화끈하더라.

이제 나는 당혹스럽다. 솔이 말한 '화끈하다'는 게 섹시하다는 뜻인지, 아니면 그 애가 손을 잡으려 했을 때 내 얼굴이 빨개지면서 화끈거렸다는 뜻인지 알 수가 없다.

흐음, 그래도 꺼지라고 말하진 않았으니, 뭐.

우리 집 상황도 나아지고 있다.

헤더가 아빠를 다잡아 주었다. 면접을 앞두고 있는데, 이번에는 헤더가 어떻게 해서든 아빠가 합격해 일을 계속하게 할 작정이다. 아주 오랫동안 말이다.

그 덕에 나는 걱정거리를 많이 덜었다.

의례 행위도 많이 줄었다. 뜀뛰기도 15번으로 줄었고, 얼굴과 손 씻기도 20번으로 줄었다.

그렇게 해서 나는 딱히 할 일도 없이 천장을 보며 내 방에 누워 있고, 해는 떴고, 아빠와 헤더는 아래층에서 이야기를 나누고 있으며, 밀린 숙제도 다 끝냈다.

전화벨이 울리자 가장 가까이 있던 내가 수화기를 든다.

"안녕?"

카로 목소리다. 좀 더 성숙하고 조심스러운 목소리.

나는 짧은 침묵 끝에 말한다.

"안녕? 잘 지내?"

카로가 말한다.

"여긴 포레스트 힐이야. 의사쌤이 와서 나를 병원에서 데려왔어."

나는 침을 꿀꺽 삼킨다. 카로에게 다시 비난받고 싶지 않다. 이제야 모든 것이 진정되고 나아지고 있는데.

"시비 걸지 마. 내가 견딜 수 있을지 모르겠어. 뜀뛰기 횟수도 줄였다고."

익숙한 목소리가 말한다.

"진정해, 강박증. 흥분했구나. 싸우자고 전화한 건 아니야."

그러자 내 돛에서 바람이 쉭 빠져나간다.

"응."

내가 할 수 있는 말은 그것뿐이다. 한순간 카로가 아니라 웬 사기꾼이 카로인 척하는 게 아닌가 의심스러울 정도다.

"그래, 다른 이야기를 하려고 전화했어. 참고 들어 줘. 쉽지는 않을 거야."

나는 또 모욕이나 어떤 사실의 폭로나 반갑지 않은 소식이 튀어나올 거라고 마음의 준비를 단단히 한다.

하지만 그런 건 나오지 않는다.

"고마워, 젤라."

카로가 한 번도 들어 보지 못한 목소리로 말한다.

"나를 견뎌 주어서 고마워. 너희 아빠한테도 이것저것 고맙다고 전해 줘."

부드럽게 딸깍 소리가 난다.

카로가 전화를 끊었다.

우아, 카로가 상냥한 말을 했다! 이건 기적이다!

나는 거울에 비친 내 모습을 본다. 까만 곱슬머리에 뺨이 붉게 물든, 햇볕에 그은 행복한 여자아이가 있다.

이제야 정말 즐거운 여름이 시작되려는지도 모르겠다.

계단 꼭대기에서 10번만 뛰고 쿵쾅거리며 아래층으로 뛰어 내려간다. 맨 아래 계단에서도 10번 뛰려다가 말고 곧장 부엌으로 들어가려는데, 아빠와 헤더가 낮은 목소리로 이야기를 나누고 있다. 필시 내가 듣지 못하게 하려는 것 같아서 가만히 엿들으려 했지만 잘 들리지 않는다. '결혼'이라는 말이 언뜻 들린 것도 같은데, 그럴 리가 없다.

헤더는 절대로 아빠와 결혼하지 않을 것이다.

오히려 다행인지도 모른다.

내 말은…… 신경 쓸 것도 많고, 준비할 것도 많고, 스트레스도 받을 테고, 이것저것 계획도 세워야 하니까!

헤더는 너무 바빠서 결혼을 준비할 시간이 없다.

아빠는 패션과 여자들과 애틋한 눈물이 어우러진 결혼식 준비에 관해서는 아무짝에도 쓸모없을 게 뻔하다.

그렇다면…… 그 모든 일을 누가 처리해야 할까?

아니야! 설마 아닐 거야……, 그럴 순 없어……, 이 끔찍한 여름이 겨우 끝나 가는데 말이야.

나는 고개를 흔들며 그 생각을 떨쳐 버린다.

맨 아래 계단에서 조용히 10번 뛴다.

그러고는 나의 가족 곁으로 간다.

▼▼▼▼▼▼▼▼▼▼▼▼▼▼▼

감사의 말

▲▲▲▲▲▲▲▲▲▲▲▲▲▲▲

젤라와 관련된 모든 일에 열정을 다해 준 리어 택스턴과 에그몬트 출판사에 감사드립니다. 피터 벅먼은 영원한 낙천주의자로, 놀라울 정도로 솔직하게 이야기해 주고 격려해 주었습니다. 피터와 앰퍼선드 에이전시의 모든 분들에게 특별히 고마움을 전합니다. 데이비드, 캐럴, 팀 커티스와 팀 코윈, 멋진 친구 수 폭스의 사랑과 지지가 없었다면 글쓰기는 불가능했을 것입니다.

옮긴이의 말

포레스트 힐을 나와 집으로 돌아온 젤라에게 여름 방학이 찾아옵니다. 치료를 받은 덕분에 강박증은 조금 나아졌지만 젤라 앞에 놓인 현실은 여전히 녹록지 않습니다.

엎친 데 덮친 격으로 포레스트 힐에서 만났던 카로가 불쑥 찾아오면서 청결과 규칙에 민감한 젤라는 점점 스트레스를 받고, 나아지는 듯했던 의례 행위들이 다시 심해지지요. 열네 살 젤라가 감당해야 하는 현실은 버겁기만 합니다. 골치 아픈 문제들 앞에서 '형편없는 인생에서 또 하루가 시작된 것'에 불과하다고 자조하는 젤라. 아빠가 새 직장에 적응하지 못하고 다시 술독에 빠진 사실을 알고 '온 세상의 무게가 어깨를 짓누른다'고 느끼는 젤라.

너무나도 그리워하던 첫사랑 솔과 기적적으로 재회했음에도 강박증 때문에 손도 잡지 못하게 되자 젤라는 더욱 의기소침해집니다. 지금껏 더 큰 불행으로부터 자신을 지켜 준다고 생각했던 의례 행위와 강박증이 자신을 옥죄는 족쇄임을 뼈저리게 느끼게 되지요. 강박증에서 벗어나 평범해지고 싶다는 소망이, 타인과 '접촉'하고 싶다는 소망이 절실해집니다.

영영 불가능할 것만 같던 변화가 뜻하지 않게 일어납니다. 카로와 격한 갈등을 빚고 좌절감에 슬퍼하는 아빠를 젤라가 '직접' 안아 준 것이지요. 아빠의 고통에 공감하고 그 아픔을 위로해 주고 싶은 강렬한 사랑의 마음이 강박증이라는 단단한 껍데기를 깰 수 있게 해 준 것입니다. 절교했던 단짝 프랜과 '작은 우정의 씨앗'을 다시 키워 나가는 과정 또한 사랑스럽고 풋풋하게 펼쳐집니다.

우여곡절 끝에 아무것도 아닌 일들로 채워지는 평범한 일상을 맞이한 젤라. 그 평범함이 얼마나 소중한 것인지 젤라는 너무나도 잘 압니다. 그리고 이제 외롭지 않습니다. 젤라가 어떤 모습이든, 어떻게 행동하든 사랑하고 끝까지 함께해 줄 가족과 친구가 있으니까요.

전편《젤라 그린 ①청결의 여왕》이 젤라의 강박증에 관한 이야기를 집중적으로 다루었다면, 속편《젤라 그린 ②완벽한 여름 방학》은 강박증을 가진 젤라가 외롭지 않은 사회인으로 살아가기 위해 고군분투하는 과정을 그리고 있습니다. 이성 친구 문제, 우정 문제 등 십 대들의 주요 관심사를 발랄하고 유쾌한 어조로 펼

처 보입니다. 젤라와 솔의 만남은 한편의 로맨틱 코미디를 보는 듯한 즐거움마저 안겨 주지요.

번역하는 내내 감당하기에는 버거운 짐을 지고 아등바등하는 주인공 젤라의 모습에 가슴이 아팠습니다. 저라도 손을 내밀어 주고 싶은 심정이었습니다. 열네 살 젤라에게는 아픔을 함께해 줄 어른의 도움이 너무나도 필요하기 때문이지요. 어쩌면 이 이 야기는 젤라처럼 힘든 상황에 처한 아이들에게 우리가 무엇을 해 줄 것인지, 무엇을 해 줄 수 있는지를 묻고 있는지도 모르겠 습니다.

이 세상의 또 다른 젤라에게, 이 책을 읽을 친구들에게 말해 주고 싶습니다. 너는 혼자가 아니란다. 혼자 모든 걸 해결하려고 하지 마. 도와 달라고 말해. 어른들은 그러라고 있는 존재란다.

장미란